の時だ。突然、抱きしめられた。
にこれどういうこと？　え？
ッシュロード様？
「……馬鹿者。あまり心配させるな」

フレデリカ
シン
アイリ

エミリア
リチャード
リーチェ
CHARACTERS

じー、と私を見るフレデリカ。
あれ？　なんかこのやり取り、前もあったような気が……。
「アイリ様って、綺麗な顔してるわよね」
だらだらと冷や汗を流す私にフレデリカは言った。
もちろん、私は今、蒼髪のカツラと
丸眼鏡を付けて変装しているけれど……。

冤罪令嬢は信じたい

~銀髪が不吉と言われて婚約破棄された子爵令嬢は暗殺貴族に溺愛されて第二の人生を堪能するようです~

山夜みい

Illustration
祀花よう子

CONTENTS

口絵・本文イラスト／祀花よう子　デザイン／AFTERGLOW

プロローグ

「アイリ・ガラントが殺されたのは自業自得だと思います」

昼下がりのお茶会で切り出された話題に私の表情筋は硬直した。

ひゅう、と東屋（あずまや）に風が寒々しく吹きつけてきて、蒼色に染めた髪を巻き上げる。

カップを持つ手がガタガタと震えて視線がさまよった。

（ま、まさかバレた……!?）

幸いというべきか、同席者たちは不審な私の挙動に気付かず。

「第三王子の婚約者だろうが同じ子爵令嬢を虐（いじ）めるのは貴族にあるまじき所業です。せっかくリチャード王子が諌（いさ）めようとしてくれたのに、罠（わな）を張って危害を加えるなんてあり得ません。獄中で死ななくても絞首刑になっていたことは間違いありませんね」

………あれ？

ば、バレてない……のかしら？

ズレかけたぐるぐる眼鏡を直していると、令嬢たちは次々と悪罵を吐き出した。

「天罰が下るとはこのことですわ」

「正直なところ、死んで当然かなって思います」

ひどい言い草だけど、悪いやつが嫌な目に遭っていい気味だと思うのは当然だ。特にお茶会の話題に飢えている令嬢たちは同い年の末路に思うところがあるのだろう。そもそも人間は他人を見下すことで安心感を得られる生き物だし――

「その点、同じアイリという名前でも、アッシュロード様とは大違いですわ」

ぴゃ⁉　なんで話題の矛先がこっちに⁉

弾かれたように顔をあげた私に茶髪のご令嬢は柔らかな笑みを浮かべた。

「アッシュロード様は凍てついた『蒼氷の至宝』の心を溶かし、領民たちからも厚い支持を得る優しさの塊のような女性ですもの」

「良い噂しか聞かないわよね。博学で頼もしいし」

「どうやったらアイリ様のようになれますの？　私も同じ眼鏡をかけようかしら」

あの……眼鏡をかけても頭の良さは変わらないと思います。

内心でそう突っ込みつつも、私は大量の冷や汗が止まらなかった。

期待の視線がきつい。この場合、どう答えるのが正解だっけ……。

「アイリ様、どうかなさいまして？　顔色が悪いようですが」

「……いえ」

とりあえず、澄ました顔で口元に笑みを作ることにした。

「もし私が件のアイリに会ったら天誅を下してやろうと思っていたものですから、とても残念に思いまして」

　苦し紛れの言い訳だったけど、令嬢たちはどっと笑ってくれた。

「まぁ、アイリ様ったら勇ましい！」

「さすがは西部の期待の星ですわね！」

「宮廷魔術師様から求婚されるお方は言うことが違うわ」

「そういうお茶目なところが気に入られたのでしょうねぇ」

「ありがとうございます」

　私は作り笑いで誤魔化しながら、頬から汗を流した。

　だって、ねぇ？

　ま、まさか私がアイリ・ガ、ガ、ガラント本人だなんて、言えるわけがないもの。

　アイリは創世神話に出てくる癒し（いや）の神の名で珍しい名前じゃないから気付かれないのだろうけど。シン様と出逢う（であ）前の私は、ぐるぐる眼鏡もかけてなかったし、髪も雪色だったから……断じて私の影が薄いわけじゃない。断じて。

　……違うよね？

「ほら、噂をすれば宮廷魔術師様だわ」

「アイリ様、迎えにいらしたわよ」

「え？」令嬢の一人が指を差し、私は後ろを振り返る。

「……シン様」

見れば、貴族屋敷の門扉の向こうに見慣れた後ろ姿があった。

人形師が精巧に作ったような整った顔立ち。長い黒髪を後ろでひとくくりにした武人のような姿に令嬢たちは目が釘付けになっている。

シン・アッシュロード。

私の夫であり、ここエルシュタイン王国の宮廷魔術師だ。

こちらの視線に気付いたのか、彼は片手をあげて手を振って来た。

きゃー！　と黄色い悲鳴がご令嬢たちからあがる。それを歓迎の知らせと取ったわけじゃないだろうけど、彼は門扉を開けて入ってきた。

「ご機嫌麗しゅう。ご令嬢方。お邪魔をしてしまいましたか？」

「と、とんでもない！　ちょうどシン様のお話をしていたところですわ」

「そうそう、アイリ様ったらシン様のことになると惚気ちゃって！」

え、私そんなこと言ってない！

思わず抗議の視線を向けると、ご令嬢はパチンとウインクしてきた。

いや「気を利かせてあげましてよ」みたいな顔をされましても……。

「それはいいことを聞きました。家では全然甘えてくれないもので」

ほらぁあああ！　閣下が獲物を見つけたみたいな顔をしたじゃない、もー!!

「まぁ、それでしたら今日は甘えてもらえそうですわね？」

「ええ。このお礼は後日」

「アイリ様、たくさん甘えていらしてね」

面白がるご令嬢方に見送られて私はシン様とお茶会を後にした。

きゃーきゃーと後ろが騒がしいけど……あの人たちはなんて言うだろうか。

今、私の肩を抱いてるこの人が、この国の貴族を誅殺する暗殺者だなんて知ったら。

「今日は何事もなかったか？」

「は、はい……あの……」

ひとまず私をからかってきたことは置いておく。

本当はぷんすこしたいところだけど、面白がるのは目に見えてるし。

「なんだ？」

私の顔をじっと見て話しだすのを待ってくれるシン様。

こうやってちゃんと女性の言葉を待つところがモテる秘訣なんでしょうね。

「あの、私がアイリ・ガラントだと誰も気付いてくれないんです……今日お話ししたご令嬢方は、皆一度は会ったことがあるのに……ひどくありませんか？」

「ぷッ、ははッ！　そうか、気付かれないか」

「ム。どうして笑うんですか。こっちは真剣に話してるのに」

「すまんすまん。気付かれないのはいいことじゃないか」

「それはそうですけど……乙女心は複雑なんです。私、もーれつにぷんぷんです」

「俺から見ても初めて出会った頃の君とは違って見えるぞ」

「はい？」

「前の君より、ずっと綺麗(きれい)になった。君が妻であることは俺の誉れだ」

な、なんて恥ずかしいことを……！

私は赤くなった顔を悟られないように目を逸(そ)らす。

それから咳払(せきばら)いして、口元に笑みを作ってからシン様に向き直った。

「ふふ。ちゃんと偽装妻が出来ているようでよかったです」

「……そういう意味ではない」

どうしたんだろう？　シン様は笑みを消して不満そうな顔になった。

まさか本当の意味で私のことを好きだと言っているわけじゃないだろうし。

だって私に偽装妻の話を持ち掛けたのは、他ならぬこの人だもの。

「ともかく……君が変わったのは事実だ。そうだろう？」

変わったというか、変わらざるをえなかったというか。

「色々ありましたけど……あれからもう、半年になるんですね」

茜色(あかねいろ)がにじんだ空を見上げながら、私は呟(つぶや)いた。

お風呂の泡のように浮かんでは消える、この半年の記憶に思いを馳せる——。

第一章　その名は薄氷のごとく

「アイリ。借りてたこの本、すっごく面白かったわ」

貴族院の端っこにある東屋で、私は友達のエミリアと会っていた。

私に本を渡してきたエミリアは鈍色の瞳を柔らかく細めている。

「国中から虐げられていた町娘が実は隣の国の王女様で、周りはそれを知らずにどんどん虐めちゃうんだもの。この人たちがいつやられるか楽しみで仕方なかったわ！」

「貴女の好みに合って良かったわ」

「アイリの勧めてくれる本に外れなしね。さすが図書室の沈黙姫だわ」

「エミリアまでやめてよ……あんなのただの悪口なんだから」

「あ～ん！　ごめんなさい～！　アイリ、嫌わないで！」

隣に移動したエミリアが涙目で抱き着いてきて、私は思わず苦笑した。

「はしたないわよ、エミリア。こんなところ伯爵令嬢とかに見つかったら」

「ふん。あいつらは子爵令嬢を見下したいだけ。気にしたら負けよ」

だからって付け入る口実をあげるのも良くないんだけど、言いたいことは分かる。

彼女らが私たちのことを良く思っていないことは確かだ。特に私なんて平民あがりの娘だから、大商人の娘のエミリアよりもひどい陰口を叩(たた)かれているし、靴や鞄(かばん)を隠されたこともある。それが嫌で図書室にいたら今度は図書室の沈黙姫なんて呼ばれるし。

「やっぱり持つべきは同じ家格の友達ね！」

「そうね」

「あの時、アイリが受け入れてくれて良かったわ」

「図書室は私の場所じゃないもの。当たり前よ」

エミリアと出逢(であ)ったのは私が図書室にいる時だ。私ほどじゃないけどエミリアも上位貴族から嫌がらせを受けていたらしく、本好きということもあって意気投合した。

それ以来、人目がない場所でこうしてお茶をしたり、本を貸し借りしている。

尤(もっと)も、人好きのする笑顔を浮かべるエミリアが虐められているなんて想像も出来ないし、私と付き合わないほうが周りと上手(うま)くやっていけると思うのだけど……。

わざわざ私に構ってくるあたり、エミリアも変わっている。

「アイリだけよ。わたくしと対等にお話ししてくれるのは」

まぁ、それが嬉(うれ)しいと思ってる私も大概かもしれない。

「えへへ。ずっと友達でいてね。アイリ！」

「私で良ければ、もちろん」

こんな子がいるなら貴族の生活も捨てたものじゃない。

――そう、思っていたのに。

「アイリ。君、エミリアを虐めているそうだな?」

「――……は?」

エミリアの誕生日パーティーに向かった私は会場に入った途端にそう言われた。

今日の会場には公爵家から子爵令嬢までたくさんの人が招かれている。管弦楽の演奏が止まり、百人以上の視線が私に集中したけど、あいにく身に覚えがない。

「り、リチャード様、あの、どういうことでしょう」

「言葉以上の意味はない」

眼鏡の縁を持ち上げた、私の婚約者――リチャード・フォン・エルシュタイン様。

金髪を後ろに全部かきあげた彼は私に指を突きつけて言った。

「しらばっくれるな。話はエミリアに全部聞いた」

「リチャード様およしになって。こんな場で……これじゃアイリ様が可哀想」

「あぁ、エミリア。君はなんて優しいんだ。自分を虐めた奴を庇うなんて」

「エミリア……?」

何を、言ってるんだろう。

本当に訳が分からない。私がエミリアを虐めた?

「あ、あの。何を言ってるの? そんなことするわけないじゃない」

「まだとぼけるのか？」

そんな悲しそうな顔をされても、私は何もしてないのだけど。

「君は僕の婚約者であることを笠（かさ）に着て、同じ子爵令嬢であるエミリアを貴族院の人目につかない場所へ呼び出し、礼儀作法を嘲笑（あざわら）い、鞭（むち）で叩いたそうじゃないか。時には欲しくもない本を押し付けて無理やり読ませたと聞いているぞ」

「そんな……私、そんなことしてません！」

人目につかない場所を選んだのは上位貴族の目から逃れるためだ。平民上がりでありながら、第三王子の婚約者である私はとてもじゃないけど本校舎にいられなかったから。

エミリアのことにしたってそうだ。

確かに一緒にお昼を食べる時に呼んだり、同じ子爵令嬢として礼儀作法がおぼつかない彼女と互いの欠点を指摘しあったこともあった。本を押し付けたのは言いがかりだ。私はただ、エミリアが読みたいと言ったから貸してあげただけで……。

「え、エミリア？　あなたからも何か言って頂戴。これは、タチの悪い冗談だって」

「冗談なんかじゃないわ」

栗色（くりいろ）の髪を振り乱したエミリアはまなじりに涙を溜（た）めながら声を震わせた。

「わたくし、勇気を出すことにしたの。あなたに虐められ続けるのは嫌だから」

「何を言ってるの……？」

「エミリア。証拠を見せておやり」

エミリアは辛（つら）そうに顔を歪（ゆが）め、ゆっくりドレスの肩をはだけて見せた。

会場中が一斉に息を呑（の）む。

そこには、紫色に腫れあがったミミズ腫れのような跡があったからだ。

エミリアの証言と一致する——声なき会場の声が私の耳に届いてくるようだった。

「可哀想に……あんなに腫れあがるまで鞭で打たれるなんて」

「クロック嬢が何をしたっていうんだ」

「アイリ・ガラント……秀才だと聞いていたが、その正体は悪女だったか」

……まずいわ。会場の声がリチャード様たちに味方し始めた。

身に覚えのない罪を着せられるのは嫌だ。私は抗議の声をあげようとしたけど、

「証拠はまだある。アイリがエミリアに贈ったプレゼントだ」

「え？」

リチャード様が掲げたのは確かに私の贈ったプレゼントだった。

花柄の包装紙にくるまれた中身はエミリアが欲しがっていた小説の初版だったはず。何も責められる謂（いわ）れは——え？

「みんな見てくれ、この本を」

会場がどよめいた。

リチャード様の掲げた本が『上流貴族の正しい在り方』だったから。

またもやエミリアの証言と一致する証拠に、もはや私の弁解は無意味だった。

でも、違う。

私、あんな本なんて渡してない！

「誕生日プレゼントにあんな本を渡すなんて、嫌がらせが過ぎない？」

「そもそも誕生日に本って、センス悪いでしょ」

「平民上がりだから本は貴重品だと思ってるんだわ。お可愛いこと」

何がどうなっているのか分からなかった。

ついこの間まで普通に話していたのに、今のエミリアは泣きながら私の婚約者の腕に抱き着いて
会場中の同情を集めている。私は唾棄すべき悪女になっていた。

リチャード様は聞く耳を持たない。会場もエミリアの味方だ。

私が声をかけられるのは、エミリア以外いなかった。

「え、エミリア。これは、どういうことなの？」

「……」

エミリアは答えない。ただひたすら泣いてリチャード様に抱き着くだけだ。

「こうなってしまっては、もう仕方ない」

リチャード様は高らかに宣言した。

「僕、リチャード・フォン・エルシュタインは君との婚約を破棄する」

「……っ」

会場に動揺の声はなかった。当然だという空気だけがあった。

この場は裁判と同じだ。告発された被告人である私は判決に従うしかない。

「憲兵隊へ、第三王子の名の下にエミリアの保護を要請する。また、アイリ・ガラントの所業については後日エミリア・クロックから正式に告訴状が届くだろう」

「待って……待ってください。私の意見も聞いてくれませんか？」

「子爵令嬢を虐める悪女の話など、聞く価値があるとでも？」

「……」

私が周りを見回すと、みんなが私を非難するような目で見ていた。

「陰気で図書室にこもりがちな君の言葉など、誰も聞かないさ」

「リチャード様……」

虫を見るような目だった。仮にも元婚約者を見るような目じゃない。

「僕が間違ってた。君には王子（僕）の婚約者なんて過ぎた身分だったんだ。アイリ」

「……」

リチャード様と出逢ったのも図書室でのことだった。本を読む私の邪魔をせず、ずっと傍（そば）にいて、どんな本を読んでいたんだい？　と声をかけて来た日を覚えている。

元平民の私だけど、ちょっと嬉しかったわ。

第三王子とはいえ、エルシュタイン王国の王子様が声をかけてくれたんだもの。

私だって乙女だ。本の中のお姫様のように、王子様への憧れくらいはあって……。

だから、嬉しかった。

こんな私でも王子が目をかけてくれることはあるんだなぁってね。別に私はリチャード様に本気で恋をしていたわけじゃない。彼は堅物で男女として触れ合うことはなかったけど、時間はかかってもゆっくり愛を育んでいくんだと思ってた。

――まぁ。今、最悪の終わり方をしたわけだけど。

「さぁ、アイリ。ご退場願おう。今からエミリアの誕生日パーティーだからね」

「殿下……」

「これ以上何か抗弁があるなら後日聞く。今は去ったほうが君のためだろう」

「……」

貴族たちの視線が痛い。私は俯(うつむ)きながら殿下のほうへ――出口に向かって歩いた。

エミリアの横を通りすぎる、すれ違いざまの瞬間、

「アイリ。ありがとね」

エミリアは涙の欠片(かけら)もない笑顔を浮かべた。

「引き立て役、ご苦労さま」

「エミ、リア……？」

「ふふ。あんたはもう用済みよ……これで王子はわたしのものなんだから」

その瞬間、私の中で点と点が繋（つな）がった。

引き立て役、婚約破棄、リチャード様にべったりなエミリア。

そう、すべては彼女の計算ずくだったんだ。

このために、私と仲良くなったんだ。

思えばエミリアと知り合ったのはリチャード様と婚約してから。

エミリアは最初からリチャード様を狙っていて、私と別れさせるために数々の仕込みをした。二人きりで会ったり、上位貴族の愚痴を言ったり、人目を避けた。

すべては今日、リチャード様から私を引き離すためにだ。

「あんたみたいな陰気な女と仲良くするの、本当に疲れたわ」

「……っ」

「さよならアイリ。裁判所で会いましょう？」

エミリアが嗤（わら）ったのは一瞬で、すぐに涙を浮かべた彼女の本性に誰も気付かない。

この日、私は人生で大切なことを学んだ。

友情。

それは薄氷のごとく、いつ崩れるか分からないものだと。

ガラント子爵邸は王宮から徒歩一時間かかる貴族街の端っこにある。

誕生日会から帰った私を、お父様が笑顔で迎えてくれた。

「おかえり、アイリ。ずいぶん早かったが、パーティーは楽しめ……楽しめなかったみたいだな？」

馬車の中で疲れ切った私の顔を見て眉間に皺を寄せるお父様。

燃える炎のように赤い髪を持つお父様は腰の剣に手をかけながら言った。

「言え。俺の娘を泣かせたクソ野郎はどこの誰だ？」

貴族らしからぬ粗野な口調のお父様は平民上がりで、元特級冒険者という実力者だ。

その腕を買われて子爵に叙爵された経緯を持っている。

バルボッサ・ガラントと言えば冒険者界隈では有名な名前らしい。

「お父様、私……もう何がなんだか」

「……すまん、そうだな。まずは風呂に入れ。身体洗ってさっぱりして、甘い物を食べろ。お前が大好きなケーキを用意しとくから……話はそれからだ」

こくり。と頷いて言われた通りにすると、少しだけ頭が冷えて来た。

とはいえ、冷静になればなるほど、エミリアと王子の理不尽さに腹が立ってくる。

お父様に話す内容を整理したあと、洗いざらい話すことにした。

「――なるほど。じゃあエミリアを殺せばいいんだな?」

「もう、殺しちゃダメ。お父様が捕まっちゃうでしょ」

「そうは言ってもだ」お父様はリビングの暖炉の前で揺り椅子にもたれかかる。

紫紺の瞳が炎に照らされて剣呑な光を帯びていた。

「俺の娘に冤罪をかけたクソ野郎を、許せるわけねぇだろうが。殺すのがダメならどっちも半殺しにして捕まえとこう。陛下の前に突き出せば済むだろ」

「国王夫妻は隣国のパーティーに出席中よ」

「だからそれまで捕まえておく」

「そしたらお父様が犯人扱いされるし……それに、奴らは十全に準備して私に冤罪をかけたのよ。突き出すならこっちもそれ相応の証拠が要るわ」

「面倒だなぁ」

お父様はぽりぽりと頭を掻いて、

「しかし、奴らはなんだってお前を嵌めたんだ？　うちの娘を嫌いになったのは百歩……いや一万歩譲って分かるが。半殺し案件だが、それならただ別れりゃいいだろ」

「エミリアが私を嫌っているからかな……もしかしたら、お父様に貴族としての力をつけさせないために派閥から何か言われてるかも……たぶん……」

　特級冒険者のお父様の武力は他の貴族と比較にならない。国王様はその力を気に入って叙爵までするくらいだし、社交界で頭角を現す前に潰したかったのかも。

　もしそうだとしたら、私にとってはいい迷惑だ。

「……まさか、あの情報が？」

「お父様？」

　私が呼びかけると、難しい顔をしていたお父様はハッと顔をあげた。

「いや、なんでもねぇ。とりあえず、俺は明日から伝手のあるところに当たってみる。そんで聞きたいんだが、アイリ。お前、まだリチャードが好きか？」

　すぐに首を横に振る。あんなことを言われて好きでいられるわけがない。

「そうか。なら、婚約破棄するのは構わないんだな？」

「うん。むしろ別れたい」

「よし、なら俺はお前の冤罪を晴らすことだけに専念する。リチャードの……あー、なんだ、敵対派閥？　とやらに当たって、ダチの伝手も頼ってみる。ついでに国王に直訴して賠償金をふんだくってやろう。全部終わったら美味いもん食いに行くぞ」

　それは楽しみだ。

「じゃあ私は、もう一度だけリチャードと話してみる。婚約破棄を受けるのは構わないけど、冤罪だけはどうにかしてほしいから」

「平気か？」

「うん。このままエミリアにやられっぱなしなのは嫌だもん」

正直に言えばリチャードにも会いたくないけど、さすがにあの冤罪は受け入れられない。お父様はお母様の死後、私を一人で育ててくれたのだ。

お父様の不名誉になるようなことだけはしたくない。

「エミリアに何か要求があるなら、可能な限り呑むから」

「……自分を第一に考えろよ。俺のことなら気にしなくていいから」

お父様は身を乗り出しソファに座る私の頭を撫（な）でてくれた。

「ごめんな。不安定な冒険者より、ちょっとは楽させてやれると思ったのに、このザマだ。俺も『蒼氷（そうひょう）の至宝』みたいに仏頂面で社交界に出てりゃ、こんなことにならなかったのかもしれねぇな」

「……お父様はあの人ほど顔が良くないから真似（まね）は出来ないと思う」

「言ったな、こいつめ！」

「あはは！　お父様、痛いってば！」

エミリアやリチャードと接して疲れ切った心が癒（いや）されるのが分かる。

そうだ、私にはまだ信じられる人がいるんだ。お父様がいるなら、まだ大丈夫。

明日また会いに行こう。そうしたら、すべて上手くいくはずだ……。

翌日、リチャード様に面会の手紙を出すと、今日の夕方なら時間が取れると返事があった。あんなことがあったから会ってもらえないかと思ったけど……。

（私を陥れたいのはエミリアだし、リチャード様に話せば分かってもらえるはず）

エミリアの迫真の演技は周りの貴族たちも騙（だま）していたわけだしね。

仮にも私と婚約者同士だったリチャード様は接していた時間も長いし、私が虐めなんて無益なことより、本を読んだり動物と戯れたりするほうが好きだと知っているはず。

「ふぅ……よし」

衛兵に話を通してもらい登城すると、貴族たちから冷たい視線が向けられた。

「見ろ……例の悪女だ」

「貧相なドレスだこと。あんなものでよくリチャード様に振り向いてもらえると思ったものね。私だったら恥ずかしくて登城できないわ」

「色の抜けた白髪に金色の目……まるで魔獣みたいだな。気持ち悪い」

なんか色々言われてるみたいだけど、無視だ。

昨日も結構ひどいこと言われたし、ちょっと耐性がついてきた。

私は応接室へ向かった。

リチャード様からもらった時間は三十分。

それまでに彼に冤罪を取り下げてもらう約束が出来なければ私の負けだ。

――気合を入れるのよ。平民のド根性、もーれつに見せてあげるんだから。

意を決し、獅子(しし)の紋章が刻まれたドアノブをゆっくり回し――

「失礼します……え？」

「いっづ……っ」

応接室の床で蹲(うずくま)っているリチャード様を見つけた。

「リチャード様⁉」

な、なにこれ⁉　なんでお腹(なか)にナイフが刺さって……⁉

「う、うぅ」

「だ、誰がこんな……」

いえ、犯人捜しよりも殿下のことをなんとかしないと。

とりあえず殿下を安静にさせて、ナイフが抜けないように固定して、それからお医者様を呼ばなきゃ。王宮務めの医者なら二十四時間交代で王宮にいるはずだし。

「い、いだい……いだい。くそ、くそ……」

「殿下？　いけませんっ！　ナイフを抜いたら出血が！」

医者を呼びに行こうとしていた私は慌てて身を翻し、殿下の手を止める。よほど痛いのか、殿下はジタバタと藻掻いてナイフを抜こうとするのを止めない。

血だまりが跳ねて、私のドレスも真っ赤になった。

「殿下！　いい加減になさいませ！　抜いたら死んじゃいますよ！」

「い、いやだ、僕は、まだ死ぬわけには……」

「殿下！　いい加減諦めてください！」

——……がしゃん。

花瓶が割れるような音がして、私は振り向く。

王子付きの侍女が両手で口元を押さえて私たちを見ていた。

「ナターシャ！　お医者様を呼んでくださる？　殿下が刺されたの！」

「ひっ」

「どうしたの？　急いで……ぁ」

侍女の口から漏れた悲鳴を聞いて、私は客観的に今の状況を理解する。

殿下の腹部に刺さったナイフを押さえ込む、血まみれの私——。

「ちが……っ、ナターシャ、これは違うのよ」

私はパッと飛び退きつつ、ナターシャに訴える。

「昨日のことで殿下と話したくて、それでアポを取ったの。そしたら応接室に通されて、私が来た時には殿下が刺されていたから、お医者様を呼ぼうと……」

「ひ、人殺し――！」

ナターシャは金切り声をあげた。

またたく間に廊下を駆けていき、王宮中に響くような声をあげる。

「誰か、誰か衛兵を呼んで!!　リチャード殿下が刺されたわ――!!」

――……どうして？

私は信じられない思いで、ただ呆然と見ていることしか出来なかった。

ナターシャとはリチャード様と会う時に顔を合わせていたし、彼女の母が病気だと知って見舞金をあげたこともある。その時にナターシャは泣いて喜んでくれた。

あの子は私が人を刺すような人間じゃないと知っているはずなのに……。

「リチャード王子、ご無事ですか⁉」

「現行犯だ！　逃げないように取り押さえろ！」

ナターシャが呼んだ衛兵隊が私を後ろから羽交い絞めし、殿下のところへ走る。

殿下は兵士に事情を聴かれ、お腹を押さえながら、息も絶え絶えに私を見た。

「か、ガラント嬢が……婚約破棄した、腹いせに、いきなり刺してきて」

「で、デタラメよ！　何言ってるの⁉」

自分でもびっくりするくらいの大声が出た。

さっきまで何も喋らなかったのに兵士が来た途端に声を出し始めた王子。

一斉に兵士が私のほうを見た時の、殿下の口元に浮かんだ笑みを見て、

「もしかして」

電撃めいた確信が私の脳裏をよぎった。

指と指でこすり合わせて感じる微かな手触り。これは血糊に使われる小麦か何かで間違いない。

本物の血ならもっと液体っぽいし、何より匂いが違う。

――エミリアの時と同じだ。この人は、私を嵌めようとして……!!

おそらく殿下は私が来る前に血糊をばらまき、服の下に何か仕込んでナイフを刺した。きっと服をめくればその下には傷一つないに違いない。

「……っ」

「おい、ちゃんと押さえとけ！」

私が咄嗟に殿下の服をめくろうとすると、兵士に押さえられた。

「離して！　殿下の服を見なさい！　私がやってないって分かるから！」

「ふざけるな！　お前が刺したことは状況的に明らかだ！」

「おい、殿下にもしもがあったら面倒だ。口を塞いでおけ」

「はっ!!」

兵士たちに押さえつけられる私を見ながらナターシャが仄暗い笑みを浮かべた。

——この子も、殿下たちとグルなんだ……。

一昨日までの日常は、身も蓋もない理由で終わりを告げた。

私が甘かった。人を追い落とすためにここまでするとは思わなかった。

もう、誰も信じられない。

王宮の地下独房に放り込まれてからどれくらい経(た)っただろう。

そう時間は経っていないはずだけど、光も入らない独房では時間感覚も曖昧だ。

壁につけられた松明(たいまつ)の明かりが、ぽう。と独房の中を照らし出す。

「チュータ。お腹空いたね……」

ちゅ、と応える声がある。顔のすぐ近くを歩く鼠(ねずみ)の声だ。

私が乾いたパンの欠片を差し出すと、チュータは嬉しそうにかじりついてきた。

「私の味方はお前だけよ。あ、お父様も居たわね……お父様、心配してるかな」

ちょっと親バカなところもあるけど娘想(おも)いなお父様のことだから、きっと私の冤罪を晴らすために奔走してくれているだろう。今は黙って助けを待つしかない。

「それにしても、お腹空いたなぁ」

ここで与えられた食事は腐りかけのパンと、お湯に野菜の欠片を浮かべたもの。

三回ほど食事をもらったけど、私とて十七歳の食べ盛り。ついこの間までちゃんとした食事を摂(と)っていただけに、私の腹の虫は不満を訴えるように鳴いていた。

「大丈夫、お父様が来てくれるから、だから……」

その時、地下の扉が開く音がした。

一瞬だけ差し込んだ光が眩(まぶ)しくて私は目を細める。

「誰なの」

「アイリ」

「お父様⁉」

私は弾(はじ)かれるように鉄格子へ飛びついた。

鉄格子の向こうに、仄(ほの)かな灯(あか)りに照らされたお父様の顔があった。

「お父様、お父様……！　わ、わた、私……！」

「アイリ、よく聞け」

「嫌よ。私、もうこんなところ嫌……！　お父様、助け」

「アイリっ‼」

な、なに。どうして怒ってるの……？

お父様、私を助けに来てくれたんじゃないの……？

戸惑う私の両肩を、お父様は格子越しに摑んできた。

「いいか、アイリ。よく聞け、お前の母親は……⁉」

突如、お父様の肩から刃が生えてきた。

「え？」

「ごふッ」

お父様は血を吐きながら、振り向きざまにナイフを一閃する。

後ろにいた誰かが倒れ、どさりと重いものが倒れる音が響いた。

「おとう、さま？」

「ハァ、ハァ、あの野郎。ここまでやるか……？　げほっ、げほっ」

「お父様！」

もう本当に何がなんだか分からない。なんでお父様がこんな怪我を？　誰かに狙われてるの？

お父様はさっき何かを言いかけたの？　なんで血まみれなの？

疑問の濁流に吞まれる私の顔を撫でて、お父様は牢屋の錠に鍵を差し込んだ。

「アイリ、逃げろ」

「お、お父様も」

「俺は、あとで行く。心配すんな。刺されたくらいで死ぬ俺じゃねぇ……だろ？」

お父様は口の端から血を流しながら、少年のような笑みを浮かべて見せた。

「ほら行け。今なら間に合う。王都を出て……領地に帰れば奴らも手出しできねぇ」

「う、うん……」

震える膝を叱りつけて立ち上がり、私は牢屋から出た。

「お、お父様も、すぐ来てね。絶対だよ」

「分かってる。あとでな」

「約束だよ！」

お父様が頷いたのを見て私は走り出す。死体をまたいで越えて地下から出ると、王城の廊下にはたくさんの人が血まみれで倒れていて、思わず悲鳴をあげそうになった。

たぶん、お父様だ。

こんなにたくさんの敵を倒して助けに来てくれたんだ。

でも、なんでこんなに……？

それに、周りに人の気配がなさすぎるのも気になる。

真夜中とはいえ、王城にはたくさんの兵士が詰めているはずだ。

さすがにこんな騒ぎが起こっていたら誰かが気付いているはずなのに……。

「なんだ、これは」

ハッと振り返った。廊下の奥に人影が見えた。

モノクルをつけた老人が姿を現した。戸惑う老人の顔は知ってる。

この国の宰相、マハキム・コンラード侯爵様だ。元々は文官だった人だけど、その頭脳を買われて侯爵まで成り上がった人。夜遅くまで働いているなんて、噂(うわさ)通りの働き者だけど、そのせいで今はピンチだ。

「君は……アイリ・ガラント？　なんでここに、捕まったのでは？」

「あ、あの……」

「……疑問はあるが、非常事態だな。一緒に来なさい。儂(わし)が保護しよう」

「……っ、ごめんなさい！」

「あ、おい⁉」

マハキム様に背を向けて走り出す。

助けてくれるんじゃないかと思ったけど、どうしても信じられなかった。

もしかしたら、あの人もエミリアたちとグルなんじゃないかって。

この状況にも疑問はあるけど、今は誰も信じられない。

走る。走る。走る。

お父様のことも心配だし、気になることは山ほどあるけど。

今は、家に帰るのが先決だから――

王宮の地下牢(ちかろう)は城壁に近い裏庭に通じていた。外に出た瞬間に捕まったらどうしようかとも考えたけど、人の姿は見えない。王族専用の避難通路なら逃げられるかも――

「リチャードから聞いたのは、確かあっちよね……」

「いたぞ！　こっちだ！」

「⁉」

ま、まだ来るの⁉

気の抜けた私を叱りつけるように追っ手が迫ってくる。

二階のバルコニーから飛び降りた黒ずくめの影がナイフをひらめかせた。

「きゃ⁉」

咄嗟に頭を下げると、髪の毛数ミリを削った影は、身体ごと振り返った。

「悪く思うな。こっちも仕事なんでな」

「あ、あなたたち、誰……」

「お前には知る必要がない」

月の光に照らされた鋭利な切っ先が、私の心臓を抉る――

「何をしている」

「ぐへっ⁉」

その寸前、拳大の石が黒ずくめの頭に直撃した。

目を白黒させる私の前に、暗闇の中から一人の男が輪郭を浮かび上がらせた。

「いくらなんでも派手にやりすぎだな」

仮面をつけた男だった。

夜にまぎれそうな黒髪は前から見ると短髪に見えるけど、後ろは綺麗（きれい）な長髪で、ひとまとめにした髪が風に揺れる様が大胆不敵な感じに見えてかっこいい。仮面の奥から覗（のぞ）かせる蒼天色（そうてんいろ）の瞳は鋭く、見る者を虜（とりこ）にしながら接触を拒む神聖さがあった。

「あなたは……」

「おい、立てるか」

そんな彼が手を伸ばしてきたものだから、私の反応は決まっていた。

「近づかないでください」

「先に言っておくが俺は君を特別に助けたわけでは――……は？」

仮面の人は怪訝（けげん）そうに眉根を寄せている。

さっきのマハキム様と同じだ。こんな都合よく助けが来るわけない。

「何が狙いですか？」

「いや、俺は……君を助けに来ただけだが？」

「そんな与太話を信じるとでも？」

例えば私を助けた振りをして何か企（たくら）んでいるのかもしれない。お父様が冒険者時代に溜（た）め込（こ）んだ古代魔術具（アーティファクト）が狙いか、私を人質にして身代金（みのしろきん）を要求するかもしれない。

私が手を触れた瞬間、彼が苦しみだして、私のせいにしだすかもしれない。

――うん。これが一番ありそうね。

「信じるもなにも、状況的にそう考えるのが合理的だろう」

「そうですか。助けてくれてありがとうございます。ではさようなら」

啞然とする男の人に背を向けながら、私は走り出す。

裏門は閉まっていた。兵士用の通用口も鍵が閉まっている。リチャードから聞いた王族用の避難通路へ向かおうとしたら、追っ手らしき黒ずくめの男が歩いていた。

どうしよう。どこから逃げたら……。

「一人で逃げられるのか？」

「⁉」

び、びっくりした。いつの間に後ろに来てたんだろ。

「いきなり声をかけて来るのやめてもらえませんか？」

「そう言うな、一人じゃ危ないだろう」

「私の半径五メルト以内に近づかないでください。セクハラで訴えますよ」

「さすがに無理がある。合理的に考えろ、声を出せば奴らに気付かれるぞ」

「あなたが奴らの仲間じゃないという証拠はどこにあるんですか？」

「ほう」

仮面の人は頷いた。

「警戒心が高いのは良いことだ。実に合理的だな」

……うん。

さっきから合理的合理的ってうるさいから、この人はゴーリさんって呼ぼう。

ゴーリさんは顎を撫でながら「面白いな」と口元をほころばせる。

「窮地にあっても助けを拒み、むしろ警戒心を抱く用心深さ。実に面白い」

私はゴーリさんの言葉を無視して、柱の陰からそっと顔を覗かせる。

王族用の避難通路は倉庫にある棚の裏に隠されているけど、あそこは黒ずくめがうろついている
裏庭を突っ切らないといけない。

一人なら無視しても……ダメだ。私の力じゃすぐ殺されちゃう。

「よし。それならこうしよう」

「へ？」

パチン、と指を鳴らす音がした。

視界が歪む。宙に出来た裂け目に身体が吸い込まれた。

「きゃ⁉」

気付けば私は知らない部屋の中にいた。

オーク材の瀟洒な家具や本棚が置かれ、ふかふかのベッドが置かれた部屋だ。

慌てて周りを見渡せば、すぐ後ろにゴーリさんの姿があった。

「ひっ」

私は飛び退いて距離を取り、ベッドの裏に隠れる。

そぉっと顔を出すと、ゴーリさんは面白そうにこっちを見ていた。

「い、今のはなんですか。ここはどこですか？」

「ここは俺の部屋だ。君が助けを拒絶するので無理やり転移魔術で連れて来た」

顔から一気に血の気が引いた。

「や、やっぱりそのつもりだったんですね。危ないところを助けたご令嬢を部屋の中に連れ込んで、あんなことやこんなことをする卑劣漢なんですね。わ、私を食べても美味しくないですよ！」

「残念ながら、人を食べる趣味はない」

「そういう意味ではありませんが⁉」

私を無視したゴーリさんは隣室に行き、しばらくして戻って来た。

「茶を淹れた。飲むか？」

「要りません。毒が入っているかもしれませんし」

「そうこなくてはな」

何がそんなに面白いのか、ゴーリさんは一人でお茶を飲み始める。

優雅にカップを傾ける様は貴族を思わせる上品さだった。

「こっちに来て話をしないか。取って食いはしないから」

「私、狭いところのほうが落ち着くんです」

「変わった嗜好だな。腹が減ってるんじゃないか？」

「私を餌付けしようとしても、そうはいきません」

「まるで借りてきた猫だな……まぁいい。このまま話すとしよう」

　椅子に座りながら優雅にお茶を飲むゴーリさんと、ベッドの陰に隠れて顔だけ出して警戒する私である。ゴーリさんはそのまま勝手に話を始めた。

「さて、アイリ・ガラント嬢。君が狙われていた理由に心当たりは？」

「……私の名前、知ってたんですね」

「この国の貴族は全員覚えている。それで？」

「……心当たりなんてありません、強いて言えばエミリアのことくらいですけど」

「エミリア・クロック。例の婚約破棄騒動か。詳しく聞いても？」

　……知ってるんだ。やたらと貴族の事情に詳しいけど、何者なんだろう。

　私は怪しみながらも、逃げられないと観念してぽつぽつ話し始める。

　エミリアに冤罪をかけられたこと、今夜のこと、お父様のこと……。

　話し出すと止まらなくて、あっという間に全部吐き出してしまった。

「だから、あんな風に命を狙われる理由なんて分かりません。あなたのことも信用しません。仮面も格好も怪しいですし、あなたも奴らと同類なんじゃないんですか」

「まぁ、ある意味ではそうだが……ふむ」

開き直ったゴーリさんは得心したように頷いた。

「こちらの調査とも一致した。やはり理由は不明か」

「……こちら？」

「いくら多額の懸賞金が懸けられていたとはいえ、相手は大規模に暗殺者を動員できる奴だ。敵は暗殺ギルドの上層部にいるかもしれないな」

「あ、暗殺……やっぱりあなた、彼らと同類なんじゃないですか！」

「そうだぞ。俺は君の暗殺を依頼された暗殺者だ」

「……っ」

う、後ろが壁だわ。窓から……いえ、背を向けるのは危険？

ゴーリさんが怪しい動きをしたらすぐに逃げないと。

あれ？　ちょっと待って。

「あの、殺すためならあそこで良かったですよね？　なんでここに……」

「君を助けるためだな」

…………いや、なんで？

暗殺を依頼されて助けに来る？　意味が分からない。

「説明に合理さが欠けていますよ、ゴーリさん」

「ゴーリさん……？　まぁいい。俺は他の奴と違って国の暗部を司る暗殺貴族だ。主に暗殺ギルドを経由して依頼を受けるが、今回は妙な点が多かったので調べた」

やっぱり貴族。さっきの仕草はあまりに上品すぎたものね。

それにしても暗殺貴族なんてものが存在するのは驚きだけど。

「なにを調べたんですか」

「君と、君の身辺を。アイリ・ガラントが民に災いを為す噂の悪女なら殺すし、そうでないなら噂の真偽を確かめて助ける手筈だった。結果は後者だったわけだが」

「……じゃあ、あなたは」

「君は無実だ。婚約破棄の件も含めてな」

「……っ」

思わず、心臓が跳ねた。

親しい人たちに裏切られ、誰にも信じてもらえなかった私にくれた初めての言葉。

お父様以外の人に信じると言われて、不覚にも私の胸は熱くなってしまった。

「本当に、私を信じて……」

縋りつきたくなるような衝動にかられ、私は唇を噛んだ。

彼が助けてくれたのは事実なのだろう。

蒼天色の眼差しは穏やかで、敵意なんて欠片も見えないけど。

――騙されてはダメよ、アイリ。

内なる声が、私に囁く。

――そうやって甘い言葉をかけて懐柔する作戦なのよ。きっとそうよ。

――人を信じて何になるの。もう騙されるのはたくさん。そうでしょ？

（……そう、ね。その通りだわ）

心臓が落ち着きを取り戻し、胸の熱が冷えていくのが分かった。

じっとこちらを見つめるゴーリさんに、私はかぶりを振る。

「それで、冤罪の少女を攫ってきた感想はいかがですか」

「面白い女だなと思った」

「そうですか。助けてくれたことには感謝します」

私は膝を払いながら立ち上がり、出口を指差した。

「容疑も晴れたようなので、帰ってもいいですか？　父が待ってるんです」

「別に構わないが、連中に殺されると思うぞ？」

「……っ」

すれ違いざまに告げられた言葉に、私の足は止まってしまった。

「必死に逃がした君が暗殺者に殺されたら、ガラント子爵はどう思うだろうな？」

「……」

「万が一助かったとしても、これからは暗殺者に怯える日々だ。冤罪を晴らすにしても敵は多い。このまま生きて帰ってもロクなことにならんだろう」

「……私にどうしろと？」

「取引をしないか。アイリ・ガラント嬢」

「取引？」

暗殺者との取引。碌でもない考えが私の頭に浮かぶ。

一体何を望むのかと疑わしげに問いかければ、彼はあっけらかんと言った。

「俺の妻になってほしい」

「…………………………は？」

「正確には偽装妻だがな」

ゴーリさんは肩を竦めた。

「さっきも言ったが、今帰ってもいずれ君を陥れた奴らに殺されるのがオチだ。なら、アイリ・ガラントの死を偽装し、俺の庇護下で生きればいい」

そうだった。暗殺以前に私にはリチャード王子への傷害容疑がかかってるんだ。

このまま馬鹿正直に説明したところで彼らは信じないだろうし、最悪、また地下牢に戻されて裁判のあと処刑される可能性が高い。

腕に自信のあるお父様も政治的な力は皆無に等しいのだから。

「それで、妻？　暗殺者の妻になんて……」

「いいや、暗殺者の妻ではない。貴族の――辺境伯の妻だ」

「……へ？」

ゴーリさんが、仮面を外した。

あ……っ!!

見覚えがありすぎる顔に、私は思わず手をあげて彼を指差した。

「し、ししし、シン・アッシュロード様!?」

「いかにも」

切れ長の瞳に鼻筋の通った顔立ち、誰が言ったか神が作った美の人形。

宮廷魔術師シン・アッシュロード。彫刻細工のような唇が緩く弧を描いた。

「これで分かってもらえたか？」

「わ、分からないですよ。なんでアッシュロード様が暗殺者を」

アッシュロード様は社交界でも有名人だ。国一番の魔術の腕や、辺境伯という地位、なにより美術品のように整った容姿を目当てにたくさんの令嬢が彼に声をかけたけど、アッシュロード様はお茶の誘いにすら乗ったことがない。あまりにも冷たい姿から『蒼氷の至宝』というあだ名がついたくらいだし。

「アッシュロード家は代々、国の暗部を任されている貴族だ。私腹を肥やしすぎた貴族や法では裁けない犯罪者を粛清し、この国の秩序と安寧を守るために活動している」

「それが暗殺貴族……なおさらお断りしたいのですが」

「くくっ、俺の正体を知ってもそんな反応をするのは君くらいだぞ」

ゴーリさん……いや、アッシュロード様は口元に手を当てて笑った。

「言っただろ。正確には偽装妻だ」

「偽装」

「君も知っての通り、俺は容姿が良いし、魔術の腕もピカイチで、その上、辺境伯だから国の内外の事情にも詳しい。まさに非の打ちどころがない。だからこそ、俺のような男がどの派閥に属するかで国が傾く恐れがある」

自分で言っちゃいますか。というツッコミは置いておくとして。

「……つまり、厭戦派(えんせんは)と主戦派の争いですか」

「そうだ」

この国は今、大まかに三つの派閥に分かれている。長年の宿敵である隣国パシュラール帝国が軍備を蓄えており、戦争を始めるのではないかという噂が流れたのだ。

こちらから攻め込むべきだという主戦派、
戦争にならないように方法を模索すべきだという厭戦派、

そして最後に、どっちつかずの中立派。

私の記憶が正しければアッシュロード様は中立派の筆頭だったはず。彼を取り込む派閥によってこの国の趨勢が決まってしまうといっても過言ではない。

自分で言っている通り、彼には実力も地位もあるんだし。

つまり、アッシュロード様が私を偽装妻にしたいと言った理由は……。

「平民出身の娘と結婚することで自分の価値を下げたい？」

アッシュロード様は薄く笑んだ。

「頭の回転が良いな。ますます気に入った」

彼ほど力ある貴族になると、王族も扱いづらいのだ。安易に自分たちの陣営に引き込めば王族の力を強めすぎて貴族たちから反感を買うし、下手な貴族と婚姻を結ばせると面倒な敵が生まれる可能性がある。

「あなたは地盤を固めることで国の安定化を図りたいけれど、どの勢力に属しても問題が起こる。かといって独身のまま遊ばせておいたら外部に流出してしまうかもしれないと国は危惧している……だから死を偽装した私と結婚することで派閥間の冷戦をおさめたいと」

「八割正解、といったところだな」

「ム。残り二割は？」

「周りが婚姻を急かして来てうるさいから黙らせたい」

「あぁ……なんか分かります」

私もリチャードと婚約する前はお父様に急かされたっけ。

早く孫の顔が見たいとか、悪い男に引っかからないか心配だとか。

まぁ、結果的に悪い男に引っかかったわけだけど。

「あなたが偽装妻を娶りたい理由は分かりました」

「理解が早くて助かる」

「でも、なんで私なんですか？　あなたならいくらでも相手がいますよね？」

「俺の暗殺貴族を知り、秘密を守り、利用しても心が痛まない相手が他にいるか？」

「私だったら心が痛まないんですか」

「君にとってもメリットのある話だからな。言ったはずだ。これは取引だと」

アッシュロード様は私を保護し、冤罪を晴らすために協力する。

私は辺境伯の妻として国を安定させつつ、アッシュロード様の平穏を守る。

「だったら別に死を偽装しなくても」

「俺の留守中に君を狙った奴らが来ないとも限らん。奴らを油断させるためにも必要なことだ……安心しろ、いずれ必ず君の冤罪は晴らすし、生きていたことにする。それまでガラント家のバックには俺がついてやろう」

「別に家の心配をしているわけじゃないんですが……お父様の名誉が守られるなら、そのほうがいいですかね」

子爵家の人間は貴族になってから雇った人たちばかりだし、思い入れはない。

きっと彼らも辺境伯に仕えたほうが幸せだろう。

帰るおうちを管理してくれるならありがたい話である。

だから私の答えも決まっていた。

「契約魔術は使えますか」

「当然だ」

「一言一句確かめますから正確に書いてください」

契約魔術は対象の魂に根差して行動を強制させる魔術だ。古代魔術の一種で習得には尋常じゃないほどの修練が必要となり、限られた者しか使えない。

私はさっきの文言を書かせて、内容を食い入るように見た。

「……あなたが私を害さないこと、お父様を支援することも明記してください」

「ふむ。この場合の害することとは何を指す」

「私の身体に異常をきたすことです。精神関係はまぁ、除外します」

故意ではないのに相手が嫌だと思っていることをやっても『害する』に該当するかもしれない。

だからこその質問だろうけど、私の答えに彼は片眉をあげた。

「心はいいのか」

「私、あなたのことを信用してませんので。どうせあなたも私を裏切るんでしょう」

「……」

親友だと思っていたエミリア、婚約者のリチャードですら私を裏切り、嵌めた。

知り合ったばかりの辺境伯が無条件で守ってくれるなんて、私も思ってない。

——例えば私の知らない方法で契約の穴をかいくぐるかもしれない。

——例えば私を襲った奴らに私を売ってしまうかもしれない。

人の心は変わるものだ。彼がそうじゃないとどうして言える。

「それと、私からだけはいつでも契約を破棄出来るようにしてください。そこまでしてくれるなら、私はあなたの偽装妻として尽力することを約束します」

「いいだろう」

さすがに欲張りすぎかしらと思ったけど、アッシュロード様はあっさり承諾した。

指の先を切って書類に互いの血を落とすと、二人の胸が金色の線で結ばれる。

針が刺さったみたいにチクッとしたけど、これで契約完了だ。

「それでは、短いお付き合いですが、よろしくお願いしますね。旦那様？」

「あぁ、よろしく。俺の共犯者（花嫁）」

『悪女』アイリ・ガラント、謎の変死か⁉


王国暦一二一四年、火の月第三金曜日。

この日、巡回中の憲兵が王城城壁外で死亡しているアイリ・ガラント子爵令嬢を発見した。

憲兵隊は頭部の損傷が著しい様から、牢を壊して脱出したあと逃亡しようとして城壁をよじ登り、落下したのだと推測。婚約破棄やリチャード王子傷害容疑もあり、世間からの声は厳しい。リチャード王子は「生きて反省してほしかった」と述べ、エミリア・クロック子爵令嬢は「罪を償ってほしかった」と述べた。

国王夫妻は今回の婚約破棄について、リチャード王子の性急さや、配慮のなさを指摘しつつも、クロック子爵令嬢を守ったことは誇りに思うと述べた。

当局はガラント子爵に取材を試みるも、子爵の行方は杳として知れない――。

エルシュタイン新聞より抜粋

幕間（まくあい）　空っぽの野心

「クロックさん、大変な中来てくれてありがとう。嬉（うれ）しいわ」

「とんでもございません。こちらこそお招きいただきありがとう存じます」

優雅にカーテシーをしたエミリアは侯爵夫人と挨拶を交わして東屋（あずまや）に赴いた。

東屋の中心には大理石のテーブルが置かれ、ゴシップに飢えたご夫人たちが次々にエミリアへと声をかける。話題の内容は大体同じだ。大変だったわね。よく耐えたわ。ガラント子爵令嬢は報いを受けたのよ。王子との仲はどう？

「皆さま、そんなに話しかけるとクロックさんが困ってしまうわ。ねぇ？」

「……正直なところ、まだ胸が痛みますわ。まさかあんなに痛ましいことになるなんて。わたくし、彼女が正直に罪を告白したら助命を嘆願しようと思ってましたの」

「まぁ、なんて優しい子なの。わたくしたちがついてるから、大丈夫よ」

「ありがとう存じます」

謙虚に頭を下げながら、エミリアは扇の下で口元に笑みを刻む。

（ぜ〜んぶ、わたしたちの思い通りだとは知らず、馬鹿な女たちね）

エミリアは昔から、アイリ・ガラントという女が大嫌いだった。

同じ子爵令嬢のくせに成績優秀で、教師からの評価も高く、有能な父親を持っている彼女は天に選ばれた女だった。エミリアと言えば同じ子爵家でも、取り立てて才能もなく、大商人の娘として家の地位をあげるため、誰かに嫁がされる未来が待っていた。

あの方に出逢(であ)うまでのエミリアは上位貴族に虐げられる哀れな子羊だ。

同世代のアイリと比べられ、お前は無価値だと言われる日々だった。

——だから、ハメた。

徹底的に、リチャード王子傷害事件を仕立て上げた。

(あなたが悪いのよ、アイリ。わたしが欲しいものを全部持ってるから)

婚約破棄された時の、いつも澄ました顔の彼女が慌てる様と言ったら！

あの時のために仲の良(い)い友達を演じていたといっても過言ではない。

アイリが受けていた賞賛は、いまやすべてエミリアのものだ。ざまぁみろ。

「それにしても、あなたが持ってきたこの刺繍(ししゅう)、見事なものねぇ」

ハンカチ状の麻布を飾る、色鮮やかな花柄を撫(な)でながら夫人が感嘆する。

思考の淵(ふち)から引っ張り上げられたエミリアは、にこりと笑みを作った。

「ありがとうございます、グレンダ夫人」

「夫人が褒めるなんてよっぽどですね。さすがはクロックさんだわ」

「これほどの品なら、カタリナ夫人の品評会に出してもいいいと思うのだけど」

「本当ですかっ?」

カタリナ夫人は社交界で一大派閥を率いている公爵夫人だ。王族の傍系ということもあり、彼女に刺繍の腕を認められることは女としてこの上ない名誉である。

エミリアも同じ派閥に属しているし、カタリナ夫人のサロンに参加するのは密かな憧れでもあった。アイリと一緒にいた時には叶わなかった夢だ。

「ええ、あんなことがあったのだもの。クロックさんは報われてもいいはずだわ」

「ありがとうございます……夢みたいです」

「うふふ。喜ぶのはまだ早いわよ」

お茶会主催の夫人はカップを持ち上げて微笑んだ。

「この刺繍はサロンに参加するためのチケットのようなもの。当日までに別の刺繍を作ってもらわないといけないわ。問題なくて?」

「はいっ!」

「……本当にこれほどいい子を虐めるなんて、ガラント子爵令嬢はなんて罪深い女かしら。今ごろ冥府の牢番に鞭を打たれて泣き叫んでいることでしょうね」

「クロック嬢。辛い時はいつでも頼ってね。力になるわ」

「皆さま、ありがとうございます。そのお気持ちだけで十分です」

子爵令嬢が派閥の夫人たちに甘えっぱなしなのは格好がつかない。これから派閥のために、何より王子のために尽くすつもりだとエミリアはアピールする。

「謙虚な子。それでこそだわ」

このラインの見極めが夫人たちには好ましく映るのだ。

（それにしても、新しい刺繍か。考えるの面倒だし、またアレを拝借しようかしら）

実はエミリアが持ってきたこの刺繍、元はアイリが刺したものである。

互いのハンカチを交換するという名目で堂々と手に入れた刺繍は、それは見事なもので、アイリのこの腕が社交界の目に留まらないようにエミリアは苦心しなくてはならなかった。彼女が自分より目立つなんて自尊心が許さなかったのだ。

（わたしにくれたものなんだから、わたしがどう使おうと勝手よね？）

問題は次の刺繍だが、これも問題はない。

ガラント子爵は行方不明で今の子爵邸は執事が管理していると聞くし、警備も管理もザルになっているはずだ。手勢の者にこっそり盗ませればいい。

練習熱心なアイリのことだから、刺繍の一つや二つはあるだろう。

（うふふ。死んでくれてありがとう、アイリ。わたしの栄達の糧になってね♪）

このお茶会の後はリチャードと密会、そのあとは同年代でサロンを開く予定だ。

いまや世界のすべては自分を中心に回っているといっても過言ではない。

（あはっ、あはははは！　笑いが止まらないわ！　これこそわたしの人生よ！）

エミリアはそう信じて疑わなかった――。

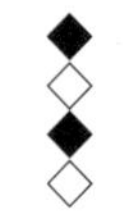

グレンダ夫人のお茶会を終えたエミリアは王城の一室に招かれていた。

ほんのり薔薇の香りを漂わせる彼女は寝衣を羽織っている。

「すべて上手くいったね、君の言った通りだ。エミリア」

「うふふ。リチャード様が協力してくださったおかげですわ」

「まさかここまで上手くいくとはね」

グラスに入ったワインを揺らし、リチャードは口元に笑みを浮かべた。

「今日、父上から言われたよ。君と結婚してもいいって」

「まぁ！　ほんと⁉」

「あぁ、これで僕たちは本当の意味で自由だ。ありがとう、僕の子猫ちゃん」

髪をひと房持ち上げられ、エミリアは鈍色の瞳を猫のように細めた。

「嬉しい……本当に嬉しいわ、リチャード様」

「僕もだ。今日は最高の一日になったよ」

リチャードはエミリアの頭に口づけを落とした。

「僕は最高のパートナーと出会った。これから一緒に頑張ろうね、エミリア」

「今後の予定としては、やっぱり臣籍(しんせき)降下を？」

「うん。公爵になる予定だ。ほとぼりが冷めてから、僕たちの婚約を発表しようね」

「はい……！」

　子爵令嬢と公爵の結婚。普通に生きていたらまず結ばれない縁だ。公爵のほうから子爵令嬢を望んだとしても、よっぽど特別な理由がない限り縁は結ばれない。

　公爵側は王族の血が薄まることを嫌がるし、子爵家と結ばれたら派閥における立場も弱まってしまうと考えるのだろう。エミリアの栄達はアイリの犠牲さまさまだ。

「そういえば、あの時のアイリの顔、傑作だったな」

「あの時って？　婚約破棄の時？」

「いいや、僕がアイリに刺されたフリをした時のことさ」

　リチャードは思い出し笑いを浮かべた。

「君にも見せたかったよ。僕のお腹(なか)に鉄板が入ってることも知らず、血糊(ちのり)の上で必死に介抱しようとするアイリの顔をさ。正直、笑いを堪えるのに必死だったし」

「うふふ。殿下ったら、悪い人なんですから♡」

　エミリアはグラスを掲げ、カチン、とリチャードのグラスに合わせた。

「わたしたちの幸せに」

「僕たちの未来に。愛すべき公爵夫人に」

『乾杯！』

第二章　心の距離

アッシュロード辺境伯領はエルシュタイン王国西部の国境沿いに位置している。

数十年前から小競り合いを続けている南西のパシュラール帝国と北西のドルトヴァン共和国に隣接しており、峻厳な山から吹き下ろす風が冬のような寒さを運んでくる。何度も戦場となったせいか、領地には魔獣が徘徊し、それゆえに作物ができにくい危ない領地としても知られていた。

「――引き受けてくれたのはありがたいが、すぐに後悔するかもな。四十年前に帝国から侵略を受けた土地だし、今も緊張状態が続いている危険な場所だ」

「それを私に面と向かって言いますか」

魔術馬車で五日はかかる辺境伯領までの道程を、王都の屋敷から転移陣に乗って一瞬で移動するという、辻馬車泣かせのゴーリさんは、私に向かって平然と言った。

「調べたらすぐ分かることだから。隠していても意味はない。それが――」

「合理的ですか？」

「そういうことだ」

この人はシン・ゴーリ・アッシュロードさんに改名したほうがいいと思う。

殺風景な部屋から出ると、王都の屋敷と変わらない光景があった。

赤い絨毯が敷かれた廊下には窓から日差しが降り注いでいる。

――もう朝なんだ。色んなことがあったなぁ。

「話は変わるが、君、寝てないだろう」

「へ？　あぁ、はい。そういえばそうでした」

そういえば服もボロボロだった。お父様の血が染みついているし、すごく匂う。

こんな格好で屋敷を歩くのは申し訳ない……というか恥ずかしくなってきた。

「今から部屋に案内する。侍女を紹介するから、着替えて横になるといい」

「分かりました」

「まず専属侍女だが……あぁ、ちょうど来たな」

アッシュロード様が見やった先、私もつられて視線を送る。

ぱたぱた足音がして、廊下の奥からメイド服を着た少女がやって来た。

「お師様！　おかえりなさ〜〜〜い、です！」

「うむ」

ばね仕掛けのように跳ねてアッシュロード様の胸に飛び込む茶髪の少女。

辺境伯の侍女らしからぬ子供のような仕草で彼女は頭をこすりつける。

「お師様ー！　おかえりをお待ち申し上げていたです！　このリーチェ、あの腐った王都にお師様がいらっしゃると思うだけで、もう胸が張り裂けるような思いで」

リーチェと名乗った少女の、おさげが尻尾みたいに揺れて可愛い。

視線に気付いたのか、おさげちゃんがじっと見つめて来た。

「およ。見かけない顔です」

「紹介しよう。この子はアイリ。俺の妻になる女だ」

「はぁツマ………妻………妻っ⁉」

「妻だ。可愛いだろう」

素知らぬ顔で嘘をつくアッシュロード様を思わずジト目で見てしまう。

彼は続けておさげちゃんを紹介してきた。

「アイリ。この子はリーチェ・ファルナ。君の専属侍女になってもらう予定だ」

「アイリです。よろしくお願いしますね、リーチェさん」

「ふーん」

一瞬、リーチェさんがすごく怖い目で私を見たような気がした。

けれどそれは本当に一瞬で、彼女はすぐに満面の笑みを浮かべる。

「初めましてアイリ様。リーチェです！　これからアイリ様のお世話をさせていただきます。なんでもお申し付けくださいましね♪」

「あ、うん。お願いします」

（気のせいかしら……？）

ゴーリさんの仏頂面と違って彼女の顔は生き生きとしている。私としてはこの際、侍女は要らないのだけど、辺境伯夫人を装うためには必要なのだろう。

二階の角に転移部屋があり、夫婦の寝室は向かい側の棟の真ん中にあった。

夫婦の部屋……か。偽の妻を演じるからには一緒の寝室なのよね。

まだ知り合ったばかりなんだし、最初から同じ寝室になるのはちょっと……。

「安心しろ。最初は別室だ。慣れてきたら同じ部屋で寝よう」

私はギョッとしてゴーリさんを見上げた。

「ゴーリさんは心が読めるのですか？」

「だからゴーリさんとは何だ」

「寝ぼけているようです。お気になさらず」

「無理もない。よく休むといい……リーチェ、身体を拭いてやれ」

「はいです！　旦那様の仰せのままに♪」

夫人の私室だと言われた部屋は調度品が揃った綺麗な部屋だった。

床には廊下と同じ赤い絨毯が敷かれているけど、家具はオーク材などを用いた落ち着いた色で、キャビネットや机も色が統一されている。暖炉の傍には揺り椅子もあって、本を読むのにちょうど良さそうだった。

「さて、と」私はリーチェさんに向き直り、一言告げるべく口を開いて、

「あのね、リーチェさん」

「ハァ、クソだるい。なんでリーチェがこんな箱入りの世話なんか任されるですか」

「…………ん？」

聞き間違いかしら。すごい声が聞こえて来た気がしたけど。

ぽかんと口を開けていると、別人みたいに冷たい声でリーチェさんは続けた。

「まじだりー。貴族娘の世話なんかお断りなのです」

さっきの笑顔は消え失せ、鼻をほじりながら彼女は揺り椅子に腰を落とした。

「おいお前、リーチェはここで見てるんで、さっさと着替え済ませろです」

「……………………なるほど？」

おざなりに手を振ってさっさとやれと促す専属侍女。

どうやらこっちがこの子の素で、さっきまでは仮面を被っていたみたいだった。

「おっと、これは失礼でした」

リーチェさんが嘲弄と侮蔑をミックスした顔になった。

「箱入り貴族なんか一人で着替えも出来ないですよね。しゃーねーからリーチェが手伝ってやるです。所詮お前なんて、一人で着替えも出来ないお子様ですもんね」

「よかった。まさかリーチェさんから言ってくれるなんて思わなかったわ」

「は？」

私は心の底から安堵しながら両手を合わせた。

「実は、どうやって断ろうか悩んでたの。だって私に侍女なんて要らないんだもの。いくら辺境伯家の人間とは言え、見知らぬ人間に背後を取られるのよ？　普通に嫌じゃない？　私、信用できない人に背中を見せたり、髪を触られるの嫌なの」

「え、いや、ちょ」

やっぱり人間なんて信じるものじゃないわね。

笑顔の裏でどんなことを考えているのか分かったものじゃないわ。

「こ、困りますっ、リーチェはお世話を言いつけられていて」

「でも嫌なのでしょう？」

「……っ」

「それじゃ、早く出て行ってくれるかしら。言いつけたりしないから」

リーチェさんの気持ちはよく分かる。出自もハッキリせず、いきなり屋敷の主が連れて来た女を世話しろと言われても戸惑うだけだ。

つまり今回のこれはゴーリさんのせい。私は悪くないわ、うん。

「も、もうっ、勝手にしてくださいです！」

「はい、勝手にしますね」

リーチェさんが出て行ったので、まずは揺り椅子とテーブルを動かし、ドアを完全に封鎖する。

部屋の中を調べてみたけど、特に罠は仕掛けられていない。カップや茶葉にも毒が塗られている形跡はなさそうだった。たぶん。うん、よし。

これで寝ているところを襲われる心配はないかしら。

身体を拭くのはどうしようかな。あ、紅茶用のポットに水が入ってる。誰もいないし、布巾も置いてあるからこれで拭けばいっか。

ふふ。貴族作法のマナー講師がいたら卒倒しそうね。

まぁ、要は身体を綺麗に出来ればいいのよ。うん。

「ベッドの下も問題なし、布団に魔術陣もなし。枕の中も大丈夫そう」

アッシュロード様は今のところ友好的だけれど、さっきのリーチェさんみたいに私のことをよく思わない人は必ずいるはずで、辺境伯の妻になる女を追い詰めるために色々仕掛けている可能性もある。

ひと通り確認を終えた私は息をつき、ベッドに横になる。

一晩中起きていたから一周回って目が冴えていたけど、横になると眠気が襲ってきて、すぐに瞼が重くなってきた。

「お父様、無事だといいけど……」

色々ありすぎた一日に別れを告げて、眠りの世界に旅立つ——。

目が覚めると、いつの間にか夜になっていた。

暖かい布団に包まれていると、いくらでも寝れるような気がする。

ごろりと寝返りを打つと「ぎゅむ」と変な声が聞こえた。

「ぎゅむ？」

慌てて身体を起こして見ると、懐の中から鼠(ねずみ)が出てきた。

あら、この子は……。

「お前、チュータじゃない。もしかして付いて来てたの？」

「ちゅ！」

「そう、そうだったの。気付かなくてごめんなさいね」

地下牢(ちかろう)で出会った鼠さんだ。どうやら着替え前の服に入っていたところを、わざわざ私の懐に入って来たらしい。なかなかに奇特な鼠である。

「そう、またお前と一緒なのね。心強いわ」

「ちゅー！」

「うふふ。こちらこそ、よろしくね」

チュータに出逢(であ)ったことで一気に目覚めた。二度寝は無理そう。

　今何時だろうと思いながらボサボサの頭を整えた。

　そろそろ起きないと。窓の外はもう暗く、隙間から冷気が忍び込んでくる。ベッドから出て、ドレッサーの中から手ごろな服を拝借。

　サイズはちょっぴり大きいけど、まぁ外に出るわけじゃないしね。

「じゃあ行こっか。お前も来る？　チュータ」

「ちゅー！」

　鼠のチュータが着替えたドレスの中に入って来た。ちょっぴりくすぐったいけど、害があるわけじゃないし、別にいいや。

　準備を終えて扉を開けると、

「……あら？」

「…………やっと出てきたですか」

　目の前にリーチェさんが立っていた。

　何か言いたげなリーチェさんに私は首を傾(かし)げる。

「もしかして、ずっと待ってた？」

「そんなわけねーです。食事だから呼びに来ただけですよ」

「そっか。それならいいんだけど」

「旦那様がお待ちです。早く来いです」

「分かったわ」

なんだか昨日のことのようだけど、アッシュロード邸に来たのは今朝のことなのだ。窓から差し込む月明かりに私は目を細めた。

「おはよう、よく眠れたか？」

アッシュロード様はテーブルについて待っていた。

「おはようございます。おかげさまで」

「そうか。後で風呂にも入るといい。さっぱりするぞ」

お風呂！　お風呂があるのね。いいことを聞いたわ。

でも、湯船につかりながら寝ちゃわないようにしないと。

席に着くと、厨房（ちゅうぼう）から出てきた侍女たちがテーブルに配膳を始めた。

「ところで、リーチェが粗相しなかったか」

視界の端でリーチェさんの肩がぴくりと震えたのが見えた。

私は出来るだけ反応しないように気を付けながら頷（うなず）く。

「粗相なんてとても。アッシュロード様の教育が行き届いた良（い）いメイドかと」

「そうか。ならいいんだが」

私はリーチェさんを見て片目を瞑（つぶ）る。

――安心してね。言いつけたりしないから。

――だから私に敵意を向けるのは止めてほしいな。

そんな意図を込めたのだけど、リーチェさんはなぜか忌ま忌ましげに顔を歪めた。

もしかして逆効果だったかしら。弱みを握ったつもりはないんだけど……。

私はただ平和に暮らしたいだけなので、後で誤解が解ければいいな。

「皆、今日から俺の妻になるアイリだ。仲良くやってくれ」

『かしこまりました。旦那様』

侍女たちが一斉に頭を下げたので、私の意識は引き戻された。

慌てて立ち上がりお辞儀をする。高慢ちきな娘だと思われたらたまらないもの。

なんてことを思っていたら、また私の腹の虫が暴れ出した。

生温かい視線を向けられて顔が熱くなってしまう。なんて間の悪い虫なのかしら。

くすり、とアッシュロード様が微笑んだ。

「アイリも待ちかねていることだし、食事にしようか」

テーブルには子爵家では考えられない贅沢な食事が並んでいた。

焼きたての白パンは麦の匂いがするし、ミルク牛の厚焼きステーキは石焼きの皿に置かれていて、肉汁がじゅわぁと音を立てている。彩り豊かなサラダは瑞々しくて、食べなくても新鮮なのが分かる。八十年物の高級ワインは芳醇な香りがした。

アッシュロード様が食べないのか、と目で促してくる。

私が悩んでいると、懐からチューターが這(は)い出(だ)してきて、料理にかじりついた。

「……鼠？」

「あ、この子は私の友達なので気にしないでください」

「鼠が、友達……」

そんなに驚くことだろうか。人間よりよっぽど親しみやすいけど。

「ちゅ！」

チューターがステーキをかじり、私に向けて一鳴きする。

「ありがと。チューター、大丈夫そうね」

アッシュロード様が頬を引きつらせた。

「まさか、毒の心配をしていたのか？」

「はい。ダメだったでしょうか」

「……いや、警戒心が強いのはいいことだ」

そうよね。人間、いつどこで誰に裏切られるか分からないもの。

辺境伯様に対して失礼だとは思うけど許してほしいな。

ん？　なんか可哀想(かわいそう)なものを見る目で見られている気がする……まぁいいや。

私は簡単に食前の祈りを済ませたあと、食事に手をつけ始めた。

「ほぉ……」

思わず、息をつく。

こんなに温かい食事を食べたのはいつぶりだろう。

リチャードの婚約者になってからは、お父様と食事のタイミングも合わなくて。

「どうだ、アイリ。口に合うか？」

「……美味しいです」

牢屋での処遇を思い出す。

看守たちが笑いながら牢屋に放り投げるカビの生えた黒パン。

スープには野菜の欠片が浮いていて、生ごみを水で溶かしたみたいな味だった。

食料とすらいえない環境のなか、誰も助けてくれなかった暗闇はつらくて……。

「本当に、美味しいです」

頬を大粒の涙が流れていく。

堰き止めていたダムが壊れるように、ぽろぽろと光る水が流れ始めた。

「あ、あれ？　私、どうしたんだろ、あれ……？」

ごしごし拭いて止めようとするけれど、溢れ出した涙は止まらない。

今さらの話なのに。泣きたい時はいくらでもあったのに。

どうして、今になって。

「アイリ」

いつの間にかアッシュロード様が目の前で跪（ひざまず）いていた。

蒼天色の瞳が、見ていて心地いい優しい眼差（まなざ）しをくれる。

「アッシュロード様……？」

「好きなだけ泣きなさい。涙は流せるうちに流すべきだ」

「でも……」

「構わない。ここで君を咎（とが）める者は誰も居ないのだから」

「……弱みを見せたら、寝首をかかれるかもしれません」

「その時は、俺が君を守ってやる」

「どうして……あなたはそこまで」

アッシュロード様は口元を緩ませた。

「共犯者を守るのは当然のことだろう。それが俺のためにもなる。つまりは……」

「合理的、ですか」

「うむ」

ストン。と胸に落ちた。

そうか、そうだよね。

これは仕方ないことだもん。明日からちゃんと振る舞うためなんだから。

ゴーリさんが言い訳をくれたから、私はもう涙を止めようとはしなかった。

「……っ」

両手で顔を覆った私の背中に手を回して、アッシュロード様は抱きしめてくれる。

厚い胸板は頼もしくて、包まれる感じが心地よくて、切なくて。

「辛かった……です」

「うん」

「誰も、信じられなくて」

「そうだな。人間は嘘つきばかりだ」

「私……っ」

「頑張ったな」

ゴーリさんは心の奥に欲しい言葉を届けてくれる。

心が、震えた。

胸が熱い。頭が痺れて何も考えられない。

「うわぁぁあ……うわぁぁああん……」

「頑張ったな……君は本当に、よくやったよ」

ゴーリさんはずっと、私の背中をさすり続けてくれた。

料理が冷めるまで、私が泣き止むまで――ずっと。

夜が中天を登る頃、仕事を終えた使用人たちが湯けむりを浴びてくつろいでいた。

話題は当然、堅物の主人が連れて来た新たな女主人――アイリだ。

「旦那様のタイプがあんな感じとは。予想外ですわん」

「料理を食べて泣くなんて可哀想なの。よっぽどひどい目に遭ったと見るの」

「おそらくは我々と同様、旦那様に拾われたクチでございましょう」

「アイツは違うけどねぇ。アイリ様はいい匂いがする……くんくんしたい」

「リーチェ、あなたは専属侍女としてどう見ますか。気になりますわん」

「……よく分かんねーです」

使用人たちの中に交じるリーチェは湯船に口をつけながらぶくぶくと泡を出す。

貴族なんてみんなクソだ、と彼女は思う。

もちろん旦那様は例外だが、それ以外の貴族は高慢ちきで鼻もちならず、やれ流行がどうのやれドレスがどうの、庶民の税金を使って自分を飾りたてるのに必死だ。

気に入らなければすぐに殴るし、自分たちが敬われて当然だと思っている。

少なくともリーチェが接してきた貴族はみんなそうだ。死ねばいい。

（でも、あいつは……）

侍女としては絶対にやってはならないことをしたのに、リーチェを庇ってくれた。

着替えを自分でやると言い出し、侍女を締め出して部屋に閉じこもる変わり者だ。

挙句の果てに旦那様が出した食事に対して毒を疑うなど、意味が分からない。

旦那様のほうも、そんなアイリを見る目は楽しそうだ。

(何なんすか、あいつ)

面白くない。

まったくもって面白くない。

それがリーチェの感想のすべてで、分かりやすく言うなら『嫉妬』だった。

「お前らもあいつには気を付けるです。何考えてんのか分かんねーですよ」

「そうでしょうか。良い人そうに見えましたわん」

「そうそう。純粋そうだし、可愛いし、綺麗だし良い匂いするし、うへへ」

「ん。あの人よりヤバいのがいるし」

「……忠告したです。先あがるですよ」

リーチェが浴室を出て着替えを済ませて廊下に出ると、目障りな女が目に入った。

アイリではない。それよりもっと邪悪な——貴族令嬢出身の侍女だ。

「あれぇ？　わたくし抜きで入っちゃうなんてひどくない？　これ虐めってやつ？」

「……自分で嫌がったくせによく言うですよ。てめーの自業自得じゃないですか」

金髪の侍女――シシリアはまなじりを吊(つ)り上(あ)げた。

「わたくしは伯爵家出身の侍女よ。そう簡単に肌を見せることは出来ないの。仲良くなってきたから一緒に入ってあげようと思ったのに、何様なわけ？」

その言葉、そっくりそのままお返ししたい、とリーチェは切実に思った。

仲良くなることが、嫌な仕事を避けてこっちに押し付けたり、雑用を頼んで何かを買いに行かせることだというなら、仲良しなんてまっぴらごめんだ。

（やっぱり貴族令嬢はクソなのです。滅べばいいです）

かといって、この伯爵令嬢は辺境伯家に奉公に来たことになっている。リーチェから手を出すことは出来ないし、旦那様からも放置するよう命令があった。

「ところで、あなた旦那様の部屋の鍵持ってない？　お掃除したいのだけど」

ただ、今夜のリーチェは無性に苛々(いらいら)していて、我慢の限界に来ていた。

「持っててもお前には渡さねーですよ。シシリア」

「は？」

「お前の魂胆は分かってるです。お師様の秘密はリーチェが守ります」

「ふぅん」

一瞬だった。シシリアはリーチェの胸倉をつかみ上げ、壁に押し付けてきた。

ぐ、と息が詰まる。目の前にシシリアの厚化粧で塗った顔が迫っていた。

「調子に乗ってんじゃないわよ、下民風情が。わたくしとあんたでは存在価値が違うの。分かる？下民は黙ってわたくしに従いなさい。困ったことになるわよ？」

「……」

ちょっと反抗したらすぐこれだ。リーチェは肺の奥から深く息を吐きだした。

これがこの女の本性。旦那様の前では仮面を被っていい子にしているだけだ。

（どうせあの女も、こんな風に……）

リーチェは今朝出会ったばかりの女を思い出す。

お行儀よく、侍女に対して物腰丁寧な彼女もひとたび皮を剝けば本性を現す。

今はまだ見えていないだけで、きっと彼女もこいつと同じように……。

「あなた、何をしているの？」

『え？』

リーチェとシシリアの声が重なった。

見れば、シシリアの頭の向こうに険しい顔をしたアイリがいる。

「何をしているのと聞いたのだけど」

「こ、これは」

シシリアは視線をさまよわせ、リーチェを離し、開き直ったように胸を張った。

「伯爵家出身の侍女として、下級侍女に教育をしていただけです。お気になさらず」

「ふぅん」

アイリはリーチェとシシリアを見比べて首を傾げた、

「侍女に下級とか上級とかあるんだ。ごめんなさい、勉強不足で知らなかったわ。この家の階級がどうなっているのか、あとで旦那様に聞いておかなきゃね？」

「え。いや、それは……で、でもわたくしは伯爵家の出身で」

「上級だろうが下級だろうが、侍女は侍女よね。それともあなたは役職付き？　この家の侍従長は別の人だって聞いてたんだけど、旦那様が間違ってたのかな」

アイリはシシリアを冷たく見据えて、

「次に私の侍女に手を出してみなさい。伯爵家の品位を損なうことになるわよ」

「……っ」

言葉に窮した彼女が踵を返そうとした時、ニヤァ。とシシリアは嗤った。

「旦那様っ！　お助けください！」

アイリは目を見開き、愕然と立ちすくんだ。

リーチェも振り返る。廊下の向こうからシン・アッシュロードが歩いて来た。

「旦那様、あの人がわたくしのこと虐めて来るんです……」

「……なに？」

シンはリーチェとアイリを順に見回して、シシリアに視線を戻した。

「どういう状況だ？」

「わ、わたくしがアイリ様にリーチェへの態度を改めるようにお願いしていたのです。部屋から閉め出されて一人立っているリーチェが、あまりに可哀想で」

それは、客観的に見れば事実だった。

発端はリーチェがアイリを拒絶したところから始まったのだが、リーチェが扉の外にいる場面だけ見れば、追い出されているように見えてもおかしくはない。

「本当なのか？」

「リーチェは……」

真実を話せばリーチェは怒られ、最悪の場合、屋敷を追い出されるかもしれない。

大好きな師匠であるシンに嫌われるのが怖くて、リーチェは何も言えなかった。

「その人がリーチェさんを虐めてたんですよ」

（え？）

リーチェは再び振り返る。アイリは諦念をにじませながら言った。

「私がお風呂に行こうとしたらその場面を見つけたので咎めました。リーチェさんはとても良くしてくれていて、不満なんてあるわけありません。ところでアッシュロード様、この屋敷の侍女には下級や上級などという区分があるのですか？」

「いや？　そんなものはないが」

「そうですか」

アイリはそれだけで頷いて、じっとシシリアを見つめた。

当のシシリアは素知らぬ顔で口元を押さえた。

「旦那様、わたくし、本当に怖くて……」

そっとシンの腕をとるシシリア。

伯爵家出身の自分を咎めることなどできはしないと態度から透けて見える。

（ほんっっっとに、これだから貴族は……）

もう何度とも知れず同じことを思うリーチェとは対照的に、アイリは何かを思い出したようで、視線に嫌悪をにじませ、目を逸らした。

「信じてくれなくても構いません。私、部屋に戻ります」

「待て、君はまったく……人間不信にもほどがあるな。無理もないが」

「……はい？」

シンはため息をつき、シシリアの腕を振り払った。

「俺がこの女の与太話を信じると思ったのか？」

「え、旦那様……？」

「シシリア。伯爵家の威光を笠に着たお前の態度は目に余る」

シシリアは愕然と目を見開いた。

アイリとリーチェが見ている前で、屋敷の主は侍女を断罪する。

「そもそも辺境伯家へ奉公に出されるような女が伯爵家で厚遇を受けていると思うのか？　お前に向けられたそれは愛情ではなく、出来の悪い娘への罰によるものだ」

「そ、そんな。わたくしを……信じてくださらないのですか？」

「侍女を虐めるような女を妻に選んだつもりはない」

「ぁ」

「俺はアイリを信じる。二度は言わんぞ、シシリア。お前の態度は伯爵家に報告させてもらう。この意味……分かるな？」

実質的な追放宣言。辺境伯家におけるシシリアの命運はここに決した。

「……っ、し、失礼します」

シシリアは屈辱に肩を震わせながらアイリの隣を通りすぎていく。

リーチェは穴が空くほどアイリを見ていた。

（……リーチェのことを言ったら、もっと上手く立ち回れたはずなのに）

また、守られた。大嫌いな貴族に。旦那様を取る女狐に。

（この人は……どうして……）

リーチェはぐっと唇を噛み締め、涙を堪えていた──。

「まったく……怪我（けが）はないか？」

シシリアとかいう侍女が去った後、ゴーリさんが言った。

あの、頭の上から足元まで眺められると、さすがに恥ずかしいのですが。

いや、まぁ。今はそんなことより。

「怪我はありませんが……あの。信じて、くださるのですか……？」

「信じるに決まってる。むしろなぜ疑うと思うんだ？」

アッシュロード様は不思議そうな顔で首を傾げた。

「君のことは事前に調べてあると言ったはずだ。もし侍女を虐めるような気質の者なら妻に迎えたりはしない。君が嘘をつく理由はないしな」

「……それが合理的だからですか？」

「うむ」

「……人間がなんでも合理的に動くと思わないほうがいいですよ、ゴーリさん」

「だからゴーリさんとは何だ」

でも、そうか。

この人は信じてくれるんだ。

まだ知り合って間もない私の話を一も二もなく信じてくれるんだ……。

「旦那様、何かあったのですか？」

騒ぎを聞きつけたのか、侍女たちが浴室の脱衣所から出てきた。

「ちょっとな」

アッシュロード様はリーチェさんをちらりと見たけど何も言わなかった。

「アイリが例の女を撃退したんだ。リーチェに絡んでいたようでな」

「まぁ。護衛が護衛対象に守られるとは」

……ん？　護衛？

黒髪の侍女は何か言いたげだったけど、小さくかぶりを振った。

「いいえ、リーチェにしてはよく手を出さなかったと褒めるべきですわん」

「まったくだ。よくぞ耐えたな、リーチェ」

「はい……」

せっかく褒められているのに、リーチェさんは元気がなさそうだ。

まぁ私からは何も言えないし、微妙になった空気を入れ替えておこう。

「あの、リーチェさんが護衛というのは」

「あぁ、言ってなかったか」

ゴーリさんはこともなげに言った。

「リーチェはこの屋敷で一番腕が立つ。君の護衛も兼ねてるんだ」

私はぐるりと侍女たちを見回した。一見普通の侍女に見えるけど、彼女たちの手には侍女の仕事ではつきようがない傷があった。

「……もしかして、全員例のお仕事に関わってらっしゃるんですか？」

「あぁ。俺が腕を認めた武装メイドだ。尤も、実際に手を下すのは俺だけだが」

「ほえ」

私、とんでもないところに嫁いだのでは？

侍女たちの顔は誇らしげで、アッシュロード様への信頼がうかがえる。

「まぁそれはそれでいいとして」

「いいのか」

アッシュロード様の言うことが本当だとすると、別の疑問も出てくる。

「なんでシシリアさんを放置してるんですか？　他の侍女が可哀想なので彼女はおうちに帰してあげたほうがいいかと思いますが……ん？」

言いながら、さっきのアッシュロード様の言葉を思い出した。

よくぞ耐えた……それはつまり耐える必要があったということだ。

「もしかして、お仕事関連ですか？」

「ほう。よく気付いたな。偉いぞ」

「はぁ、どうも」

「ぶっちゃけた話、彼女は次の暗殺対象だ」

「え」

「シシリアはメルヴィル伯爵家が辺境伯家の魔術の神秘を盗もうと送り込んできたんだが、その前に色々とやらかしていてな。顔のいい男を攫ったり、婚約者のいる男を寝取ったり、下級貴族を虐めたり……かなり色んな方面から恨みを買ってるんだ」

「はぁ」

さらっと言われたけど。

辺境伯家の魔術ってやっぱりすごいのね。他家からスパイが送り込まれるなんて。

「挙句、メルヴィル伯爵家でも持て余してしまったから、厄介払いと同時に俺の秘密を盗ませようとしたんだろうが……その前に王宮から依頼が来た。彼女は終わりだ」

――……ドンッ!!

え？　何事？

突然、太鼓みたいな音が響いた。

一体どこからだろう。私が困惑していると、アッシュロード様は口元を歪めた。

「獲物が罠にかかった。君に見つかって潮時だと思ったんだろう」

哀れな暗殺対象さんは主の居ない部屋に侵入を試みたらしい。

どうせ追い出されるならその前に魔術の秘密だけでも、ということだろうか。

アッシュロード様の目を見て息を呑（の）んだ。

蒼天色（そうてんいろ）の瞳は洞窟の奥を覗（のぞ）くような闇を湛（たた）えている。

それは暗殺者の目だ。冷たすぎる双眸を見た私は問いかけずにいられなかった。

「あの……殺すんですか？」

「命は取らない。立場を殺す。ひとくちに暗殺と言っても色々あるんだ」

あ、そうなのね。よかった。シシリアって子に同情するわけじゃないけど、さっき会話した人が死んでしまうと考えると気が重たくなるし。死ぬわけじゃないなら、自業自得と思えるくらいには罰を受けてほしい。

「さて、君たちには二人で話す時間が必要なようだ」

アッシュロード様は私とリーチェさんを見比べて腕を組んだ。

「リーチェ、今ばかりは無礼講を許す。アイリに言いたいことがあるなら言え」

……やっぱり私が嫌いとか？　貴族は信用ならない的なことかな？

だとしたら私もちゃんと言おう。世話役の侍女は要らない。一人にして、と――。

リーチェさんは目の前に立って顔をあげた。

「……なんで、リーチェを助けたですか」

「ん？」

あら。ちょっと予想と違う質問が……。

「リーチェは良くないことをしたです。ひどい態度でした。なのに、なんで」

あ、自分の態度が侍女としてはダメだっていう自覚はあったのね。

私は気にしないけど、アッシュロード家じゃなきゃ怒られるから気を付けてね。

でも、「なんで」と来たか。うーん。

「正直、特に理由はないんだけど……」

リーチェに限らず、周りの人とは距離を置きたいと思ってたし。

強いて言うなら私に都合が良かったから……なんだけど、それだけでもない。

「困ってる人が居たら助けなさいって、死んだお母様に言われたから。それに」

リーチェさんに肩掛けをかけてあげながら、私は答えた。

「あなたに信頼されたら裏切りのリスクも減って平穏になるから。アッシュロード様の言葉を借りれば、合理的な選択ってやつかな」

うんうん、とゴーリさんが頷いている。

あなたの言葉を借りましたけど、私はゴーリさん二号にはなりませんよ?

「私のことは信じなくてもいいし、お世話する必要もないわ。あなたが私を嫌いなら、お互い不干渉にしましょ？　そのほうが平和だし。私も落ち着くわ」

「う……」

「う？」

「うわぁぁあああん、うわぁあああああああん」

「えーっと」

どうしよう。いきなり泣き出しちゃったんだけど……。

——嫌われている相手への対応としてダメだったかしら？

——でも、あれ以外に言い方ってないよね？

「と、とにかく私は私のためにやっただけで、あなたは気にしなくていいから……」

「ふえぇぇぇえん。ごめんなさい、ごめんなさぁいぃ……」

もうどうしたらいいの？

「うむ。これにて一件落着だな」

どこが？

「リーチェも、そしてお前たちも、アイリが他の者とは違うことは分かったと思う。これからはアイリを俺の妻として扱い、相応の礼を尽くしてくれ。いいな？」

『かしこまりました、旦那様』

リーチェさんを除く侍女たちが一斉にお辞儀した。

当の本人はまだ泣いているのだけど……。

「リーチェにはいい薬になった。最近、調子に乗ってたからな」

「調子に乗ってたんだ」

「なまじ魔術の腕がいいのと、生い立ちもあってな。不快な思いはしなかったか？」

「大丈夫ですよ。むしろ私、侍女が要らないくらいで」

「よし、ならば風呂に入れ。君は少し匂う」

「そうですか。なら遠慮なく……って、何が『よし』ですか！」

私の侍女が要らない発言は全無視ですかそうですか。

しかも年頃の女の子に向かって匂うって！　かなり傷つくんですけど！

身体を拭いて着替えをもらったと言っても、牢屋に入れられてからずっと水浴びしていないんだから匂うのも当然でしょうよ！　配慮しましょうよ！

「アッシュロード様、デリカシーが足りないのでは？」

「言葉を取り繕うより直接言ったほうが分かりやすいだろう。それが……」

「はいはい、合理的なんですよね」

「君も俺のことを分かって来たな」

そりゃあ、あれだけ言われてたら誰でも覚えるでしょ……。

「では皆、アイリを風呂に入れて磨いてやってくれ。今日は大事な初夜だからな」

『かしこまりました。旦那様』

「は？」

がし、と私の両腕は風呂あがりの侍女たちに固められた。

「ちょ、ちょっと、あなたたち」

「奥様、リーチェを守ってくださってありがとうございます」

「よく見ればアイリ様ってすごいスタイル……じゅるり」

ねぇなんで涎垂らしてるの？　おかしくない？

しかも、いつの間にか泣き止んだリーチェさんが一番やる気だし。

「大事な旦那様との初夜です。リーチェたちが徹底的に磨き抜いてあげるです！」

ふんす、と鼻息荒く侍女たちを先導するリーチェさん。

さっきまであんなに私を毛嫌いしていたのに、どうしたのかしら。

……ん？

待って。初夜？

初夜って、そういうこと⁉

ぎ、偽装妻を演じることは承諾したけど、そこまでするつもりは……。

「さぁ、行くですよ！」

待って待って待って、
心の準備が！　話を聞いて～～～～～～！

アッシュロード辺境伯邸のお風呂は控えめに言って最高だった。異国の文化を取り入れた檜(ひのき)という木でできた浴槽は不思議な香りがして、身体の芯から温まることが出来た。

それは良かったのだけど……お風呂からあがったあとが問題だった。

夫婦の寝室の前で私は自分の身体を見下ろし、侍女たちに振り返った。

「ねぇ、本当にこんな格好で入るの？」

「当然なのです。記念すべき夫婦の初夜なのですから！」

「奥様、お綺麗でございます」

「ん。ウチの化粧にお任せあれ」

「いや、さすがにこれは……」

侍女たちが次々に褒めてくれるけど、さすがにこれは恥ずかしい。

私が着ているのは透け感のある薄紫色のネグリジェで、その下には何も着ていない。変なところにフリルが付いていて、明らかに『誘ってる感』のある服だった。

「唐変木の旦那様も、この格好でイチコロなのですよ！」

あ、ありがた迷惑すぎる。

アッシュロード様、リーチェさんたちに偽装妻のこと話してないんですか？

いつもの合理主義はどうしたんですか。ゴーリさんの名が泣きますよ⁉

「旦那様、奥様をお連れしましたわん」

「うん。入ってくれ」

「それでは奥様、リーチェたちは退散するです。ゆっくりお休みください」

「待って、ねぇお願い、お茶でも……」

「失礼するです」

ちょっと気を利かせすぎでは？

あっという間にみんな居なくなって廊下で一人になってしまった。

「……」

本当に？　本当にこの格好で入るの？

しばらくアッシュロード様の部屋の前で立っていたけど、彼が既に返事をしてしまった以上、私室に引っ込んで寝てしまうわけにもいかないし……ええい、ままよ！

「し、失礼します」

ゆっくり扉を開けると、アッシュロード様は椅子に座って本を読んでいた。

左奥に大きなベッドがあり、左側の壁に本棚、右側には何かの剝製や、短剣、弓、机の上にはチェス盤が置いてある。豪華というより、おしゃれな部屋だった。

「来たか。部屋の前で止まっていたからどうしたかと……」

本を閉じたアッシュロード様が立ち上がろうとして、ぴたりと止まる。

目が、合った。

『……』

うぅ。恥ずかしい。気まずい。偽装妻なのに、こんな格好なんてぇ……！

気を遣ってくれたのはありがたいけど、やっぱりありがた迷惑だ。

大体、こんな私の身体なんか見てもアッシュロード様は何も思わないだろう。

むしろ偽装妻のくせに何をしてるんだとか呆れるのがオチで――。

「綺麗だ」

……今、なんて？

「風呂に入ってだいぶさっぱりしたな。髪に艶があるし、肌にも潤いがある。全体的に表情も明るい。初めて出会った頃とは大違いだ。これなら俺の妻として社交界に出しても恥ずかしくない。いや、俺の目に狂いはなかったな」

「あぁ、はい。どうも……」

び、びっくりした。ゴーリさんが褒めてくれたのかと思った。

あくまで偽装妻としてね、なるほど。やっぱりゴーリさんはゴーリさんだわ。

「あ、あの。この格好はさすがに恥ずかしいので……」

「あぁ、すまん。これを羽織ってくれ」

ゴーリさんは目を逸らしながらマントを差し出してくる。

ほんのり耳が赤い気がするのだけど、お酒でも飲んでいたのかしら。

「ありがとうございます」

「うん。座るか」

「はい」

アッシュロード様が勧めてくれたソファの端っこに腰を下ろす。

三人分くらい距離を空けてると、アッシュロード様は苦笑した。

「遠くないか?」

「私とアッシュロード様はあくまで他人で、協力者です。むしろ適切な距離を取ることによって緊張感を保ち、協力関係を維持できるかと」

仲良くするのは侍女たちの前や社交界で十分だ。

そう話すと、アッシュロード様は「ふむ」と顎に手を当てる。

「確かに。合理的だな」

「はい」

「しかし、もう少し近くても」

アッシュロード様が腰をずらして近づこうとする。私は腰を浮かした。

「……分かった。降参だ。近づかないから座ってくれ」

「ありがとうございます」

　さすがはゴーリさん、分かってくれて嬉しいわ。

　この格好で男の人のすぐ傍にいるとかあり得ないもの。

　マントを羽織っているとはいえ……ただの痴女よ、痴女。

「それで、どうだ。うちには馴染めそうか」

「まだ一日目なので何とも言えません」

「それもそうか」

「ただ、侍女の皆さんが武装メイドなことには驚きました」

「あぁ……仕事が露見して問題になるより最初から事情通がいたほうがいいだろう」

「さすが、合理的な考え方ですね」

　私が言うのもおこがましい話だけど、そこまでいくと感心する。

「……君は」

　ゴーリさんの眉間に皺が寄った。

「君は、俺が怖くないのか？」

「なぜですか？」

「俺は、悪人とはいえ人を殺している」

「あぁ……忘れていました。普通の令嬢だと怖がるところですか」

きゃー。と棒読みで言ってみる。ゴーリさんは真面目な顔をしていた。

私は顔から笑みを消して真剣に答えることにした。

「怖いと思ったことはありません」

「なぜだ？」

「なぜと言われても……私の父が冒険者をしていることは知っていますよね」

「あぁ。有名だからな」

「冒険者って人も殺すんですよ。具体的には迷宮の中で襲ってきた奴ら(やつ)だったり、冒険者から悪党に堕(お)ちた奴らだったり……なので、父の手は血で汚れています」

いわゆる冒険者の汚れ仕事だ。ゴーリさんがどれだけ暗殺業を続けているのか分からないけれど、もしかしたら父のほうが直接手にかけた人は多いかもしれない。

「私はそんな父に育てられましたが、悪人を手にかける父を怖いと思ったことはありません。命を奪う重みを知っているからです」

「……」

「あなたも父と同じ目をしています。だから怖くありません」

「……そうか」

アッシュロード様は息を深く吐き出し、微笑んだ。

「君は変わっているな、アイリ」

「よく言われます」

「暗殺者が夫でもいいのか」

「まぁ偽装ですし。善人を殺すなら今すぐ逃げます」

「俺が殺すのは悪人だけだ。『パシュラールの悲劇』じゃあるまいし」

　十七年前、隣国のパシュラール帝国で皇帝の第一妃が第二妃に暗殺される事件があった。真相が明らかになったのは十二年前だけど、心優しいと評判だった第一妃が暗殺された事件は当時の世間を驚かせたらしい。それ以来、悪人が善人を殺すことをパシュラールの悲劇と喩(たと)えるようになった。

「悪人だけなら、さっきの答えと同じですね」

「……そうか」

「そういえば、アッシュロード様のご両親は」

「もちろん暗殺者だ」

「本当に暗殺者一家なんですね」

「君にそんな真似(まね)はさせないから安心しろ」

　ちょっと心配したから先に言われて安心した。

　さすがに私に人を殺すのとかは無理だ。

　体力勝負なら自信はあるけど、腕力勝負なら子供にも負ける自信がある。

「まぁ、先代は死んでいるし、母親は王都にいるが絶縁状態だ。君が会うこともないだろう」

「絶縁。何かあったんですか」

「まぁ色々とな……」

ゴーリさんが苦虫を噛み潰したような顔をした。

完璧超人に見えるこの方にも人並みの悩みがあるようだ。

さて、と彼は立ち上がる。

「話しすぎたな。今日はゆっくり休んでくれ。今後のことはまた明日話そう」

「はい」

アッシュロード様は私に手を伸ばそうとしたけど、止めた。

その代わり、彼の手から優しい風が起こって、私の頭を撫(な)でた。

「おやすみ、アイリ」

「はい、おやすみなさい」

なぜかアッシュロード様の顔が柔らかくなってる気がしたけど、気のせいかな。

よく分からないまま、偽装夫婦の初夜は更けていった。

幕間　暗殺者は動き出す

真夜中。シン・アッシュロードの姿はガラント子爵邸にあった。

屋根の上でマントを揺らす彼の姿は闇色の衣に包まれている。

『主様、動きがあったの』

シンは耳元に手を当てた。

「ハウンドフォーはそのまま周囲を警戒。ハウンドスリー、侵入者を捕獲せよ、ハウンドツー、ハウンドワン、首尾はどうだ」

『ザザ、万事順調です。それにしてもいい匂いが、ハァ、ハァ』

『アイリ様の私物はすべて回収しました。痕跡も消しましたわん』

「了解。β班は物品の転送が済み次第、転移陣より帰還し、解析班に回せ」

『それにしても、ここまでする必要があるのですか。アイリ様は特に物に思い入れがあるような方には見えませんわん。新しいものを買ってあげればよろしいのに』

「必要かどうかはアイリに決めさせる。そのほうが合理的だ」

『了解しましたわん』

『こちらハウンドスリー。侵入者を捕獲しました。既に尋問済みでございます』

「それで?」

『ハズレでございます。ただの雇われでございました』

「了解。俺が記憶を探ろう。まぁ、目星は付いているがな」

シンは通信を打ち切って宙に身を躍らせた、夜と同化した黒衣が風を纏い、侵入者の下へシンを運ぶ。裏庭に着地すると、武装メイドが主の前に跪いた。

隣にはぐるぐる巻きになった男が気絶している。

シンはためらうことなく男の頭を鷲摑みにし、魔術を詠唱、男の頭が青白く光る。

――酒場、依頼、下手人と酒、嬌声と悲鳴、金、地位、逃走……。

「……やはり、本人が依頼するようなヘマはしていないか」

だが、人を使っている以上は辿ることは容易い。どうせ行き着く先は同じだろうが、その間に証拠を積み上げ、必ずや奴の暴虐を白日の下に曝してやる。

「今回のことには不可解なことが多すぎるからな」

アイリの冤罪まではあの二人で実行可能なことだが、あそこまで大規模に暗殺者を動かし、王宮から人を排する権限など第三王子にはない。そもそも、彼らが暗殺者を使って追い詰めずとも、アイリの零落は確定していたのだ。冤罪のまま裁判を迎えてもアイリは貴族位を剝奪され、よくて追放、最悪死刑になっていただろう。

「作戦終了。全隊、帰投せよ」

『了解！』

手塩に育てた部下たちが転移陣から帰還し、シンは転移陣を消した。

周囲にかけていた不暗視（アン・ロック）の魔術を解き、自前の転移魔術で辺境伯領へ。

転移部屋から出ると、初老の執事が待っていた。

アッシュロード家に代々仕える一族の末裔（まつえい）、ノルド・マイヤーだ。

数少ない男性使用人の筆頭は胸に手を当ててお辞儀する。

「おかえりなさいませ、旦那様」

「ただいま。そちらの首尾は」

「申し訳ありません。王宮を出た辺りで痕跡が途絶えました」

「途絶えた？」

「人為的に消したものと思われます。死体も見つかりません」

「……ふむ」

シンは顎に手を当てる。どこを捜しても見つからないなら残る場所は一つだ。

「迷宮（ダンジョン）はどうだ」

「人が消える場所としては最適ですが……もしも迷宮に入ったとしたら、痕跡を辿るのは不可能です。毎日何百人もの冒険者が行き来しているのですよ」

「……そうだな」

迷宮は古代文明の遺跡が大地の魔力によって変質した場所だと言われている。

魔獣の温床としても知られていて、迷宮から産出される古代魔術具(アーティファクト)や財宝の類は冒険者という夢追い人を生み出した。しかし、そういった輝かしい一面とは裏腹に迷宮から這(は)い出(だ)して来る魔獣被害はエルシュタイン王国全体の大きな問題にもなっていて、一獲千金を目指す冒険者たちも魔獣の処理に追われて日銭を稼いでいるのが現実だ。

毎日誰かが夢を追い、今日も誰かが死んでいく。

迷宮は魔窟だ。出口が大陸の端から端に繋(つな)がっていることもあると聞く。

「……迷宮と言えば、別件で気になることが」

「なんだ」

「主戦派のブルーム侯爵が迷宮に調査隊を送っていたようです。表向きは何の問題もありませんが……もしかしたら、例の計画の実験をするつもりかもしれません」

シンの眉間に皺(しわ)が寄った。

「馬鹿な。あの計画は国王が停止させたはずだ」

「強力すぎる兵器です。欲しがっても仕方がないかと」

「人工的な大厄災(スタンピード)……か。確かに強力だし、成功すれば帝国を滅ぼせるかもしれないが、およそ人道的ではない。そんなもの使ってみろ。エルシュタインは世界中から非難を浴びて潰されるぞ。ましてや同じことをやり返されたらどうするつもりなんだ」

「目先の利益に飛びつくのは人間の性でしょう。後の世のことなど、今だけ生きていればいい者からすればどうでもいい話ですから」

「ふん。実に合理的で反吐が出るな」

　シンはため息をつき、

「そちらのほうは任せろ。一度、陛下に掛け合ってみる」

「かしこまりました」

「目下の問題はアイリの父上……バルボッサ・ガラント子爵だ。彼の捜索を急げ。迷宮は範囲に含めなくていいが、目撃情報くらいは当たれるだろう」

「かしこまりました。引き続き捜索を続けます」

「頼む。それと、痕跡の調査もな。痕跡を消したのが本人かそうでないかでずいぶん変わる。もしも本人なら、子爵の身の上も調査せねば。やることは多いぞ」

「やりがいのある仕事ですな」

　ノルドが再び一礼。

　顔をあげると、彼は孫を見る老人のような目になった。

「それにしても、ずいぶん気に入られたようですね？」

「何のことだ」

「この爺に隠しごとは無駄でございますよ、坊ちゃま。アイリ・ガラント嬢の件に決まっているでしょう。契約を果たすだけなら父君を捜さずともいいでしょうに」

「ふん。契約相手の身内を案ずるのは当然だろう。彼女が俺に恩を感じてくれれば、偽装妻を演じてくれる期間も長くなるはず。合理的なことだ」

「ふぉっふぉ。そういうことにしておきましょうか」

「他にどういう意味がある」

「ガラント嬢には魅力があるという話ですよ」

魅力か、とシンは頷いた。確かに彼女は暗殺者の自分を怖がりもしなかったし、辺境伯であることを明かしてもすり寄ってきたりせず、むしろ警戒心を示した。他の有象無象が自分の容姿や地位を目当てに近づき、くだらない流行や着飾り自慢の話ばかりするのと比べれば、最高の女性と言っていいだろう。たまに「ゴーリさん」などと不可解な呼ばれ方をするのも、対等に話してくれている気がして心地よいと感じる。

近づこうにも近づけない、その距離感がもどかしくて――。

「…………む?」

シン・アッシュロードは口元に手を当てた。

「おかしい。なぜか動悸がする。ノルド、医者を呼んでくれ」

「それは医者では治らない病気でございます、坊ちゃま」

第三章　あるいは信じられずとも

「まずいわ……」

私は人生で二番目の危機に直面していた。一番目はもちろん冤罪をかけられて死にかけたことだけど、命に関わること以外でここまで焦りを感じたのは初めてかもしれない。私が腰をあげようとした瞬間、傍にいたリーチェさんがお茶を出してくれた。

「アイリ奥様、どうぞなのです」

「あ、ありがと……あの、なんでお茶が欲しいと？」

「メイドの嗜みなのです」

そう言ってリーチェさんは私のカップに口をつけ、すぐに戻す。

「問題ないです、アイリ奥様」

「うん」

初日にあんな態度をとった私が言うのもなんだけど、自分で淹れたお茶を毒見するのってかなり嫌な気分になるんじゃないかしら。私が言うのもなんだけど。

お茶はお世辞じゃなく美味しい。自分で淹れたらこの味は出せない。

窓の外を見ると、気持ちよさそうなお日様が中庭を照らしていた。

「えっと、私、ちょっと蔵書室に」

リーチェさんが見えない尻尾を振りながら五冊の本を持ってきた。

「こちらをどうぞなのです。アイリ奥様が好きそうな冒険譚（ぼうけんたん）や辺境伯領の歴史書など、色々な種類を集めておいたです。今日は天気もいいですし、お外で読むです？」

「う、うん。そうしようかな」

「了解なのです。ハウンドワ——失礼、マリッサにテーブルを用意させるです」

………私ってここまで分かりやすい？

確かに私はお茶を飲んでほっこりして、本を読みたいなと思ったし、窓の外を見たらお日様が気持ちよさそうだったから、外で読んでみようかなとも思ったけど。

「まずいわ……」

先日、リーチェさんをあの侍女から助けてからずっとこうである。辺境伯夫人としてダンスのレッスンやマナーを受けている時間以外、私が何かしようとしたらリーチェさんがすぐに察して、事前に用意していたものを差し出してくる。初日が初日だけに、ここまで出来るメイドだとは思わなかった私はぐるぐる目を回すしかなかった。

ちなみに件（くだん）のシシリアは解雇されて家に戻されたらしいけど、それはともかく。

——明らかにもらいすぎよね。

そう、私を未曽有の危機に陥らせている原因がそれだった。

栄養バランスの考えられた美味しい食事に、私にはもったいない高等教育。気持ちいいお風呂、出来の良すぎる侍女、行き場のない私を匿ってくれている契約……。どれか一つならまだしも、偽装妻が受けるにしては破格の待遇だ。

こんな待遇を受け続けていたら恩と奉公に釣り合いが取れなくなってしまう。

「私も何か返したほうがいいかしら」

「奥様、何か言ったです？」

「何でもないわ」

辺境伯家の前庭は綺麗に整えられているけど、それほど広くない。街には外壁を乗り越えて魔獣が入り込むこともあるらしく、返しのついた柵が屋敷を覆っていた。

エミリアあたりなら籠の鳥だとか言いそうだけど、私には自分を守る心強い壁だ。

柵の向こうは並木道が一本通っているだけで、街の人の姿は見えない。

「アイリ奥様、街が気になるですか？」

「ん？　そう、ね。ちょっとだけ」

「この街――ザングヴィルって言うですけど、それほどいいところじゃないですよ。冒険者連中がうようよしてるですし、奥様にはあんまり楽しくないかもです」

「冒険者ね。そういえば、お父様もよくこの辺りに行ってたっけ」

街の近くに迷宮があるらしく、良い拠点になるようだ。その代わり魔獣の数もエルシュタイン王国で一番多く、辺境伯領の騎士団や冒険者は大忙しらしい。

四十年前は帝国との戦争に魔獣が介入してきて虐殺事件が起きたり、二十年前は魔獣の氾濫（スタンピード）もあったみたい。辺境伯家の歴史書に詳しく書いてあった。

「旦那様も魔獣討伐したりするの？」

「いえ、旦那様はそんな雑事に気を取られる暇はないのです。社交界での折衝や例のお仕事、辺境伯の執務、宮廷魔術師としての研究、やることは山積みなのです」

「まぁ、そうよね」

だとしたら、やっぱりそこかしら。

魔獣討伐とかの雑事をこなしていれば、恩を返していけるかもしれない。

「リーチェさん、この辺りに住んでる魔獣の目録ってある？」

「もちろんなのです」

リーチェさんが指を鳴らすと、どこからともなく現れた侍女が本を渡した。

「わん」とウインクした侍女はすぐに姿を消す。なにこれすごい。

「こちらなのです、アイリ奥様。あとリーチェのことはリーチェと呼び捨てに」

「それは追い追いね。ふぅん、なるほど。こんな感じなんだ」

お父様が冒険者の仕事をしていた影響で、私も冒険者ギルドに出入りしていたことがある。魔獣の種類や危険度、価値の高さ、希少度などの一般常識を教わった。

なかでも私が一番気になったのは、魔獣調教師と呼ばれる職種だ。

――強い魔獣を調教できればお父様も魔獣を討伐せずに済むのでは？

魔獣には縄張りがある。強い魔獣ほど縄張りの範囲が広く、よその魔獣を近づけさせないのだ。

仕事ばかりで家を空けていた父に対する当てつけのような思考である。

つまり、強力な魔獣を調教すれば、その縄張りに魔獣を寄せ付けないように出来るということだ。強い人が放つ殺気みたいな感じだと思う。

「……私が魔獣を調教すれば、辺境伯領のためになるし、アッシュロード様が執務に集中できる。つまり偽装妻の役目も果たせるってことよね……？」

妻とは雑事をやる者のことだ、と持論を述べていた人がいる。

その男の口にはバゲットを突っ込んでやるとしても、実際、雑事を片付けてくれる存在はありがたい。領主としての心配ごとが減るだけで助けにはなるはずだ。

「よし、そういうことなら私が肌を脱ぎましょう」

「アイリ奥様、女性はみだりに肌を見せたらダメってマリッサが言ってたです」

「大丈夫。そういうことじゃないから……屋敷の外に出てもいい？」

「それはいいですけど、旦那様に許可とったほうがいいかもです？」

「……まぁ、そうよね」

がっくりと肩を落とした。

別にやましいことをするわけじゃないけど、許可を取るとなるとちょっと気が重くなる。魔獣に関わることだと言えばいい顔をしないかもしれない。

「――アイリ、ここに居たか」

ちょうどその時、アッシュロード様が玄関から歩いて来た。すかさずリーチェさんがお辞儀して、ちょっぴりウインク。その姿が宙に溶けて消えた……って消えた⁉

「リーチェめ。気を回したな」

アッシュロード様は苦笑し、

「まぁいい。アイリ、明日の午後は空いているな？」

「はい。というか、私のスケジュールは把握していると思いますが」

「まぁそうなんだが、こういうのは過程を踏むのが合理的だ」

「過程」

「そういうわけで街に行くぞ。屋敷に居てばかりだと息が詰まるだろう？」

「ほえ」

「つまり、デートの誘いというやつだ」

で。

でででで。

で、でーとですとぉぉぉぉおぉおおお⁉

まぁ考えてみれば偽装妻なんだしデートくらいしても当然なのだけど、まさか合理主義の塊のゴーリさんからデートという単語が出るとはと驚いた私であった。

もちろん、これも偽装妻の役目。立派に果たさせてもらいますとも。

「では行ってくる。留守は任せたぞ」

「ふぉっふぉ。こちらは任せて漢気を見せてくださいませ、坊ちゃま」

「坊ちゃまはやめろ」

初めて見る執事さん――ノルドさんという方と侍女たちに見送られて屋敷を出る。

リーチェさんは『良い報告期待してるです』と笑顔だった。良い報告ってなに。

魔獣が出るため馬車は使えないらしく、街へは徒歩で向かった。屋敷の門を出てしばらく歩くと、辺境伯領で一番大きな街――ザングヴィルに到着する。なんというか、物騒な街だと思った。

そこら中に鎧（よろい）を着た冒険者たちが行き来しているし、街のどこかで魔獣が出たと悲鳴が聞こえても「あぁ、またか」と住民たちは平常運転。それだけ魔獣の生息数が多くて街の見回りがしっかりしてるんだろうけど、さすがにこんな街は初めてだった。

「悪いことばかりではないんだがな」

私の表情を読んだのか、ゴーリさんは苦笑しながら街を見渡す。

「魔獣のおかげで鍛冶屋や武具屋に需要が生まれるし、魔獣素材を活かした武具、財布や鞄などの加工品は辺境伯領の特産品となっている。ただ、さすがに多いな」

「武具需要なんて迷宮があれば十分でしょうからね。戦争が起きれば話は別ですけど」

「その通りだ」

「ふぅん、そうですか……」

ゴーリさんが怪訝そうな顔をしたので私はそっけなく話を逸らした。

「ところで、今日は何を買いに街へ？」

「君の身の回りのものだ」

「へ？」

私は思わず目を丸くした。

「別に要らないですよね？　ゴーリさん……じゃなかった。アッシュロード様が子爵家から私物を取ってきてくれたから、ドレスとか一式揃っていますし」

一体どうやって子爵家の執事を説得したのか謎だけど。

「それは子爵令嬢としてのものだろう？　君の私物に文句をつけるわけではないが、仮にも辺境伯夫人になるのだ。もう一ランクは上のものを使ってほしい」

「なるほど、偽装妻としての必要経費というわけですね」

ようやく納得した。

いきなりデートなんて言った時はびっくりしたけど、そういうことか。

まぁ別に私物に思い入れがあるわけでもないし、それで円滑に偽装妻を演じられるなら喜んで協力したいとは思う。

「……そういうことではない」

「ん？」

なぜかアッシュロード様が面白くなさそうな顔をしていた。

いつものゴーリさんはどこに行ったのか。合理的に説明してほしいものである。

「ちょっと意外です。私は構わないんですけど、アッシュロード様は仕立て屋を屋敷に呼んで発注するタイプだと思っていました。というか貴族は大半がそれでは」

「もちろんいつもはそうだが、今回は君に街を見せたくてな」

「街を」

「これでも俺が治めている街だ。たまには領主らしいところを見せたい」

そういえば私がアッシュロード様と接しているのはいつも裏の顔ばかりで、辺境伯として表に立っている彼と接するのはこれが初めてかもしれない。いつも舞踏会で遠目から見ていただけに、こうして話しているのはなんだか変な気分だけど。

「そう悪い街ではないんだ。魔獣は多いがな」

アッシュロード様の姿を見た住民たちは道を空けて頭を下げている。

隣にいる私に好奇の眼差し（まなざし）を向けながら、彼らはこそこそと話していた。

「あれ誰？　いつものメイドじゃないよね」

「もしかして恋人？　鉄面皮のアッシュロード様が⁉」

「お、推しに幸せがぁぁあああ！」

やっぱり顔が良いだけに女性陣からの人気が根強いみたいだ。アッシュロード様の顔を見て黄色い悲鳴をあげたり悲嘆にくれたり私をちらちら見たりと忙しそう。

「今さらですけど私、カツラを被（かぶ）っただけで変装とかしてませんが大丈夫ですか」

アイリ・ガラントは死んだことになっているのに。

「問題ない。君は初めて出会った頃と別人だからな。あの頃は前髪が目にかかるくらいだったし、君の顔が公衆に晒（さら）されることなどなかった。ふむ……こんなに可愛（かわい）い君の顔を独占出来ないことは、少しだけ残念だな」

「……もしかして私、口説かれてます？」

「いや？　事実を言ったまでだが」

「余計にひどい」

普通の人なら赤面ものだ。私にはあんまり響かないけど。

だって、どんなに可愛いだの綺麗だのと言っても人は簡単に裏切るし。

リチャードも、エミリアもそう……この人がそうならないなんて言えないわ。

とはいえ、偽装妻の務めは果たさなきゃ。

私は口元に手を当てて、潤んだ瞳で愛しの旦那様を見上げた。

「そ、そんな……可愛いだなんて……やだわ、あなた……嬉しい」

「君は演技が下手だな。そんなところも面白いが」

おっと残念、ゴーリさんにはお見通しだったらしい。

「私は誰も信用していないので、褒め言葉は響かないんです」

「なるほど、重症だ」

何やら深刻そうに納得するゴーリさん。

辺境伯領のブティックは整備された石畳の通りにあった。物々しさが薄れた店のショーウィンドウには華々しいドレスが飾られている。周りの店を見ても高級そうな鞄や靴、小物店などがあって、ザングヴィルの街でも一等地だとすぐに分かる。

「ちなみに全部魔獣素材を使った店だぞ」

「そうなんですか？　それにしてはなんというか……綺麗ですね？」

「あぁ、魔獣といっても加工法によって綺麗なものが出来るからな」

「ただこんな高級そうなドレス、私には不似合いかな～……なんて」

ガラス窓に映る自分を見る。老婆のようだった白髪はつやつやと光沢があって、金色の目をぱちくりさせている。唇には薄い口紅、頬には軽くチークが入っていて、まつ毛はカールされていた。自分で言うのもなんだけど、まぁ悪くはないんじゃないだろうか。

——これは確かに、気付かれないかも。

アッシュロード様の言う通りである。前までとは大違いだ。前はリチャード様に会う時以外は髪をあげていなかったし、野暮ったさが拭えなかったけど。

「ちなみに、今日の服は婚約披露宴にも着てもらうから、そのつもりで選んでくれ」

「はぁ、婚約披露宴……ひろうえん⁉」

「あぁ、契約にも書いていただろう。辺境伯夫人としての役目を果たしてくれ」

「それはもちろん、はい…………え、いつ？」

「来週」

「ららら、来週⁉　聞いていませんけど！　何の準備もしてないですし」

「言ってなかったからな。準備はこちらで済ませておくから安心するといい」

「安心できるわけないですよ！　さすがに貴族の令嬢とかには私を知っている人もいると思うんですけど、どうするつもりですか⁉」

「披露宴にはカツラの他に眼鏡をかければいいだろう。それで十分だ」

あまり隠しすぎても冤罪を晴らす時に困るから、薄っすら匂わせておくそうだ。

やり口が巧妙である。ゴーリさんが辺境伯だと実感する私であった。

正直なところ、私はドレスとか宝飾品とかにあまり興味がない。物心ついた時からそういう煌びやかなものは自分と無縁だと思っていたし、どちらかと言えばお父様が持って帰ってくる魔獣の牙とか、本とか、そういう地味なほうが好きだ。

――いや私、辺境伯夫人の適性なさすぎない？

しかし、そこはゴーリさんである。

またもや私の心を見透かした彼は柔らかく微笑んだ。

「君はそこで立っていてくれたらいい。店主、これとこれを合わせて……」

この偽装夫は私の心を読む魔術でも使えるんだろうか。

割と失礼なことを考えている自覚はあるのでほどほどにしてほしい。

だけど、そういう細かい気遣いがちょっぴり嬉しくもあったりして。

「宝石はどうする？　何か好みはあるか」

「そうですね。蒼色がいいと思います」

ピク、とゴーリさんは身体を硬直させた。

「……ちなみに聞くが、なぜだ？」

「旦那様の瞳が深くて綺麗な蒼ですし、身に着けていたいじゃないですか」

そしたら辺境伯夫妻として仲良しアピールできるしね。

「……大変可愛らしい奥様でございますね、辺境伯様」

「え、なにがですか?」

「……無自覚か。そうなんだろうなぁ」

いつも合理的なゴーリさんがなぜか額を押さえていた。

どうしたんだろう。私、何か不味いこと言っただろうか。

——これ以上失言する前にちょっと離れてたほうがいいかも?

「旦那様、ちょっと外に出てもいいですか?」

「あぁ、構わない。離れるなよ」

「了解しました」

慣れない着せ替え人形は肩が凝る。外に出てほっと一息ついた。

振り返ると、ショーウィンドウ越しにゴーリさんと目が合い、微笑まれた。

どういう意味か分からないのでとりあえず頷いておく。

さて、外に出たのはいいけど、買い物が終わるまで何をしようかしら……。

「きゃぁあああ! 誰か、誰か冒険者を呼んで! 剣虎が出たわ!」

「……」

私はそっと中を振り返った。ゴーリさんはまだ店主と話している。

高級な通りだから警備の人も多いだろうし、すぐに解決するとは思うけど。

「かなり近いし……大丈夫よね?」

ちょっと見てこようかしら、なんて呑気(のんき)なことを思っていると、二個先の路地裏から女の人が飛び出し、追いかけるように大きな魔獣が飛び出してきた。

――それは白い虎だった。

体長二メルトを超える大きな体躯(たいく)は筋肉が躍動していて、二本の牙が顎にかけて曲がるように伸びている。長い尻尾が逆立ち、剣のように鋭くなっていた。

「グルルァァアアア……!!」

剣虎だ。辺境伯領の中でも荒れ地の奥に生息する危険指定魔獣。

女の人が這(ほ)う這(ほ)うの体(てい)で逃げ出そうとしている中、剣虎は尻尾を振るった。

「待って」

女の人が切り裂かれる寸前、私は彼らの間に飛び込んでいた。

ピンと伸びた尻尾の剣先が、私の額の前でぴたりと止まる。

「この人を殺してはダメ。あなたもタダじゃ済まないわ」

「グルル……！」

「怒ってるのね。分かるわ。人間がひどいことをしたんでしょう」

魔獣とひとくちに言ってもすべてが人間を襲うわけではない。魔獣のなかには穏やかな気性の種族もいて、剣虎はそのうちの一つだ。

知性ある魔獣として知られている彼らは人間から手を出さない限り襲ってくることはない。人間を殺したら大軍となって襲ってくることを知っているからだ。

きっとこの子も……やっぱりだ。足に鎖を引きずっていた。

「アイリ！」

「旦那様、動かないでください」

ブティックから飛び出してきたアッシュロード様が魔術を行使する気配。

ほぼ同時に飛び出してきたメイド服の集団が剣虎を取り囲んでいた。

剣虎に一番近いのは見慣れた小さい女の子——リーチェさんだ。

彼女は手を突き出して私と剣虎の間に見えない壁みたいなのを作ってる。

「アイリ奥様、お下がりくださいです」

「旦那様、申し訳ありませんわん」

「まさか魔獣の前に飛び出すなんて、アイリ様、頭がおかしいのぉ⁉」

「ん。どうかしてる」

「一瞬の油断でございます。まさかこんなことになるとは」

「あなたたち……もしかしてずっと居たの？」

護衛、ということだろうか。たぶん私に気を遣って黙っていたんだろうけど、今はちょっと邪魔だった。メイドたちを見て剣虎が殺気立ってる。

「みんな、武器を下げて」

「しかし、アイリ」

「旦那様、そこから一歩でも動いたら嫌いになりますから」

「……っ」

「アイリ奥様！　今はそれどころでは」

「いいから下がって。この子は今、怒ってるの。刺激しないで」

「…………皆、下がれ」

「旦那様？」

「アイリ、君に危険を感じたら俺は容赦せんぞ」

「どうぞ。リーチェさん、これ解いて」

壁が解かれてようやく静かになった。翡翠色の眼差しをじっと受け止める。

「あなた、血を流してるわ。私に治療させてくれないかな」

「……」

「あなたを傷つけた落とし前はつけさせる。だから、お願い」

剣虎の長い牙が私の皮膚を浅く裂いた。滴る血が地面に流れていく。

……ちょっと痛いけど、ゴーリさんの視線ほどじゃない。

「お願い」

どれくらい時間が経ったただろう。

たぶん一瞬なんだろうけど、私の体感時間ではずっと長く感じた。

剣虎が地面に座り込み、ハ、ハ、と荒い息で私の血を舐めとった。

「いい子。ごめんね、私たち人間のせいで」

「……」

「や、ちょ、あはは！　くすぐったいわ！　もう、早く怪我治さないと」

私はドレスの裾を裂いて剣虎の傷口に当てるけど、こんな小さい布じゃ焼け石に水だ。

剣虎が舌で私を舐めて来るし、早く医者に診せないと。

「これは一体……どういうことなのです？」

「見たままを述べるなら、アイリが剣虎を説き伏せたように見えるが」

何やら周りが騒がしくなってきたけど、剣虎は相変わらず私を舐めている。ちょっぴり懐きすぎかなと思うけど、もふもふの尻尾が気持ちいい。

「ねぇあなた、うちに来る？」

「ばう！」

「ほんとっ？　じゃあちょっと聞いてみるね」

私はアッシュロード様を振り返った。

「旦那様、この子ペットにしていいですか？」

「…………飼えるのか、これ？」

屋敷に帰った途端のことだった。

もーれつに怒られた。それはもうたっぷりと、玄関で。

「アイリ奥様のお身体に何かあったらどうするんですか！　リーチェは悔やんでも悔やみきれません！　本当にもう、心臓が凍るかと思ったんですから！」

「まことに正気を疑いますわん。後生ですから二度としないでください」

「アイリ様の瑞々(みずみず)しいお肌が傷つくなんて人類の損失だよ！」

「ん。控えめに言ってどうかしてる」

「皆に同意でございます。少しはご自身の身体を案じてくださいませ」

侍女たちから後退(あとずさ)った私は助けを求めてアッシュロード様を振り返った。

「アイリ」

「ひえ」

ダメだった。この人が一番怒ってた。見たことない顔をしてる。

「なぜあんなことをした？」

「いや、えっと」

ちなみに剣虎は治療をほどこされたあと、屋敷の前庭でくつろいでいる。

私は味方がいない状況のなか、唇を湿らせて言い訳を探した。

「あ、あのですね。私、昔から動物の言ってることが何となく分かるといいますか、その影響で魔獣を調教するのが上手くて、ちょっぴり特技といいますか」

「特技か」

「それに、旦那様のお役に立てると思ったんです」

こうなってしまったら自棄である。洗いざらい喋るしかない。

「私、このお屋敷に来てすごく良くしてもらってるから、何か返したいなぁ……と思ってまして、それで、良い所にチャンスが巡って来たものですから……」

「魔獣を調教することが恩返しになると？」

「辺境伯領のためになったら、旦那様のためにもなりますよね？」

くわ、とアッシュロード様の目が開ききった。

心胆寒からしめるとはこのことだわ。怒ったゴーリさんはすごく怖い。

「だとしても、何の相談もなく魔獣を調教しようとするのは違うのではないか？　君は俺が、妻が魔獣の前に飛び出して平気な顔をしてる冷血漢だと思うのか？」

噂通りに。そう言ったアッシュロード様の言葉に、私はサッと蒼褪めた。

そうよね……やっぱりダメよね？

改めて考えても不味い気がする。貸し借りを相殺したかったとはいえ、あまりにも無謀な行為ではないか。これじゃあ、ゴーリさんが怒るのも当然だ……。

その時だ。突然、抱きしめられた。

なにこれどういうこと？　え？　アッシュロード様？

「……馬鹿者。あまり心配させるな」

「心配……アッシュロード様は、私を心配してるのですか？」

アッシュロード様が身体を離して、私の目を覗き込んだ。

なぜか哀れまれているような気がするけど、気のせいかな。

「その心配は……妻に対して？」

「あぁ。そして、君の身を案じる一人の友人として」

友人。私はその言葉を口の中で転がして、首をひねる。

「でも友情は……壊れるものです。人は、裏切るものです」

友情は簡単に壊れる、または、人が友情だと思っている物はまやかしかもしれない。私はあの一件でそう思った。今後も変わることはないだろう。

裏切らないのは動物だけだ。人間に比べれば、まだ魔獣のほうが信じられる。

「君がどう思っていても、俺は裏切らない」

「……まだ分かりません」

「ならば生涯かけて証明していくとしよう」

どれだけ私が見つめてもアッシュロード様は目を逸らさなかった。

周りの侍女たちも主人と同意見だと言うように頷いている。

——本気で、心配しているの？

——私を？　まだ知り合って間もない私なんかを？

私は困惑した。なぜそこまで人を信じられるのか分からなかった。

ゴーリさんだけならまだしも、侍女たちもだ。私は彼女らに何かしてあげた覚えはない。損得以外の関係で信頼を向けられるのは、お父様とあの子だけ——。

「あなたは……みんなも、なんで」

「信頼は言葉と行動によって蓄積される」

アッシュロード様は私の頭を撫でた。

「君はこの短期間に、俺と彼女らの信頼を勝ち得たということだ」

「もっと合理的に言ってください。いつものゴーリさんはどこに行ったんですか」

「そうか？　十分合理的だと思うがな」

「だけど、抽象的です」

「そうだな。目に見えるものだけで合理化は図れない……あぁ、本当にそうだ」

くく、とアッシュロード様が笑った。

「お説教は終わりにして、食事にしようか」

「じゃあ、やっぱりケーちゃんの件は人為的なものだったんですね」

「あぁ。さすがにあのレベルの魔獣が街に入ってくるのはおかしいからな。荷物検査をした騎士団内部に裏切り者がいた……じきに処分する予定だ」

経緯としては単純だった。

ケーちゃんは、人間によって捕獲されていたのだ。

裏社会の人間には魔獣を捕獲し、コロシアムで人間と殺し合わせる者がいるという。興行である。剣虎ほど強力な魔獣となればさぞ盛り上がったことだろう。

闇ギルドの者に捕らえられていたケーちゃんはどうにか檻から抜け出し、近くにいた女性を襲った。そして路地裏から飛び出し――

「私と出逢ったんですね。あの時、怪我をしていたのは」

「捕獲する時にひと悶着あったのだろう」

「なるほど。で、その人たちは死刑に？」

「いや、魔獣の捕獲自体の罰は王国法で定められているからな、辺境伯として処罰する」

「どういう基準ですか」

「法で裁けるならそのほうがいい。俺たちは秩序の番人だ」

つまり、貴族とか官僚とか、法で裁けない者を暗殺するのがお仕事だと。

「なにそれちょっとかっこいい」

「は？」

しまった。口に出たのはちょっと気まずい。

「え、えーっと、はた迷惑な話ですね。魔獣を捕獲するなんて」

「そうだな」

「私には関係ありませんが、そういう組織は潰れてほしいものです」

「……まるっきり無関係というわけではないんだがな」

「あれ？」

「こっちの話だから気にするな。それより、本当に飼うつもりか？」

「はい。ダメですか？」

「ダメというか……飼えるのか、アレは」

「ケーちゃんは賢いので、言って聞かせれば人は襲いませんよ。獣医さんも襲わなかったでしょう？」

「まぁ、それはそうだが」

「そんなに心配なら試してみますか。みんな、一緒に行きましょう」

私はうきうき顔でゴーリさんと侍女たちを連れて食堂を出た。

噴水の前で前足に頭を乗せていたケーちゃんは私が近づくと頭を持ち上げた。

「ケーちゃん」

「ばう！」

傷はもうすっかり良くなっているようだ。巻かれた包帯を鬱陶しそうにしながらも、ケーちゃんは尻尾を揺らし、私のところに駆け寄って顔を舐めてくる。

「あはは！　くすぐったいよ、もう」

「きゅぅん」

「えへへ。そうだねー。嬉しいよね、ありがとねぇ」

私は振り返る。唖然としていたゴーリさんに手を差し出した。

「さぁ、アッシュロード様もどうぞ」

「……ずるい」

「え？」

アッシュロード様は拗ねたように顔をそむけた。

「俺とそいつでは対応が違う。不公平だ」

「だって、ケーちゃんはケーちゃんですから。旦那様とは違います」

「それだ」

「はい？」

「君は俺のことを名前で呼んでいない。せめてゴーリさんと呼ぶべきだ」

「いや、あの」

ゴーリさんは私が間違えて呼んでしまっただけで公式の愛称ではないのですが。

というか辺境伯様を愛称呼びとか不敬すぎるのでは？

でも確かに、偽装妻を演じる上で名前呼びしないのは不味いかもだし……。

「そ、それなら……シン様？」

「うん、それでいい」

アッシュロード様……改め、シン様は嬉しそうに、少年のように微笑んだ。

え。嘘。なにそれ。

ちょっと可愛い……不覚にもキュンとしちゃった。

――ニヤニヤ。

ハッと我に返る。侍女たちが放つ、ニヤつきの集中砲火を浴びた。

私は慌ててリーチェさんを呼び、ケーちゃんに触らせた。

「す、すごい！　もふもふなのです！　気持ちいいです！」

「これは病みつきになりますわん……アイリ様に危険はなさそうですね」

侍女たちがケーちゃんと戯れているなか、そっとシン様の顔を覗き込む。シン様は「ん？」と首を傾げて、ひとくくりにした髪が尻尾のように跳ねた。

それがちょっぴり、失礼だけど犬みたいに可愛くて。

なぜだか顔が熱くなった私は、慌てて目を逸らした――。

ケーちゃんを飼う許可を得てお風呂に入り、夜の風がさっぱりした肌を撫でる。

今日も今日とて侍女たちに夜の支度をさせられた私はソファに座っていた。

「お茶が入ったのです、アイリ奥様」

リーチェさんが茶器をテーブルに置き、カップに手を伸ばす。

いつもの毒見をする前に、私はカップを持ち上げた。

リーチェさんが不思議そうに首を傾げる。

「アイリ奥様？」

「毒見はもう要らないわ。リーチェさんが淹れてくれたものだし」

「え」

今回、叱られた件で私はちょっぴり嬉しかったのだ。

『アイリ、お前のために本気で怒ってくれる奴(やつ)は貴重だ。大事にしろよ』

幼い頃、お父様にそう言われて不思議だったけど、今となっては分かる。

貴族社会では相手のためを気遣っている言葉でも本心は別ということが多く、本当に相手のためを思って……それも『怒る』ために言葉は尽くさない。

そんな人は信頼できる。信頼には信頼で応える。ガラント家のモットーだ。

「その……いつも美味しいお茶ありがとう。助かってるわ」

ぽかん、という言葉がぴったりの顔をして、数秒。

リーチェさんは満開の花が咲くみたいに笑った。

「はいです！　こちらこそなのです！」

「私は何もしてないけど」

「ノーです。アイリ奥様がリーチェの主でよかったと思うです」

「そう……？　それなら、いいのだけど」

「はいです。では、夜のお務め頑張ってくださいです！」

リーチェさんは元気よくお辞儀をして、ご機嫌に部屋を出て行く。

まぁ、夜のお務めはしないのだけどね。そういう関係じゃないし。

「アイリ、入るぞ」

「どうぞ」

リーチェさんと入れ替わるようにシン様がやって来た。

寝巻きを着た彼は引き締まってカッコいい……じゃなくて、いつもの姿だ。

夜、私の部屋で少し話して寝るのが私たちの日課だった。

「今日は大変な日だったな」

「色々ありましたね」

「隣、座ってもいいか」

私が頷くと、シン様はゆっくりと、確かめるように座った。

一人分の距離は空いているけど、話す分には問題ない。

「どうだ。ここに来てそろそろ一ヵ月。もう慣れたか」

「はい。シン様や侍女たちが優しいので居心地がいいです」

「そうか。君がそう感じてくれてるなら、いい」

私が頷くと、二人の間に沈黙が割り込んできた。

こういう時、ちょっと前までなら話題を探していたけど、シン様と居ると黙ったままでもいいかなって思えてくる。よく分からないけど、悪い心地じゃない。

「なぁ、アイリ」

「はい、シン様」

「君は……いや」

シン様は何か言いかけたけど、やっぱり何も言わなかった。

「来週の婚約披露宴、大丈夫そうか」

「私がやることは特にないですよね？」

「あぁ。挨拶は基本俺がやるから、隣でお辞儀してくれればいい。何か聞かれても困ったように俺を見上げろ。君を一人にはしないから」

「分かりました。ちなみに招待客は……」

「こちらで選出した。あとで見るか?」

「いえ、ただ……一つだけ。その中にロゼリア伯爵令嬢は居ますか?」

「ロゼリア……あぁ、南方に領地を構える魔術師の家系か。居たはずだ」

「そうですか」

「彼女と何かあるのか?　事情が事情なら断ることも出来るが」

「いえ、既に招待しているなら、断るのは失礼にあたりますし……これは本当に私個人の問題なので、シン様が気になさることではありません」

「……ふむ。何かあったか聞いてもいいか」

「他愛もない話です」

私は立ち上がり、そっと窓に近寄った。

月明かりが暗雲によって隠され、外が見えなくなっていく。

「あの子は……フレデリカ・ロゼリアは、私の罪の証(あかし)で……」

なんてことはない。私もエミリアと同じ穴の貉(むじな)ということだ。

フレデリカは何度も忠告してくれたのに、私は彼女を裏切ってしまった。

「かつて互いを最も理解した、親友でした」

夜の暗幕が、私の頭上を覆い尽くしていく——。

幕間(まくあい)　忍び寄る暗殺者の刃

「失敗したってどういうことよ⁉」

エミリア・クロックは怒声をあげた。

つんざくような甲高い悲鳴が室内に響きわたり、侍女が肩を震わせる。

「そ、それが、私にも分からないのですが……侵入者に邪魔をされたようでして」

「……っ、何のための闇ギルドよ。使えないわね……！」

エミリアは親指を噛(か)んだ。もうすぐ開かれるカタリナ夫人のサロンに持っていく刺繍(ししゅう)。そのために用意しようとしたアイリの私物が手に入らなかったのだ。期限までもう二週間しかない。アイリの刺繍が用意出来なければ自分で作らねば間に合わない。

しかし、面倒だ。

「別の者を手配させて。それなら出来るでしょ？」

「あの、申し上げにくいのですが」

「まだ何かあるのっ？」

「どうやら、ギルド自体が取り潰しになったらしく」

「は？」

エミリアがアイリの刺繍を盗むように依頼したのは盗みに特化した闇ギルドの一つだったが、依頼を遂行中だったギルド員が裏切り、組織の金を持ち逃げしたのだという。ギルドは裏切り者を追ったが、途中で死亡が発覚。金はどこにもなかった。

困ったギルドは一獲千金の機会を狙い、希少な剣虎(けんこ)の捕獲に挑んだ。

幸いにも剣虎の捕獲に成功し、これで一安心と思いきや――

「逃亡した剣虎を辺境伯の婚約者が宥(なだ)め、屋敷(やしき)へ連れ帰った……？」

魔獣の捕獲は重罪だ。事態を重く見た辺境伯は自ら調査に乗り出し、またたく間にギルドを制圧、王国法に法(のっと)り、当該ギルドを解体し、処罰した。

一連の事情を聴いたエミリアの頬を冷たい汗が滴り落ちていく。

「…………偶然？」

机の上には辺境伯から送られてきた、婚約披露宴への招待状があった。

既に籍は入れているが、順序を踏んで婚約披露宴をするのでぜひ来られたし。

我が妻、アイリ・アッシュロードの晴れやかな門出を祝ってほしい――。

エミリアは動悸(どうき)がする胸を押さえながら机の上に手をついた。

「アイリ・アッシュロード……偶然、よね」

アイリという名自体は珍しいものではないが、生前のアイリ・ガラントも魔獣を手懐けるのが得意だった。動物の言葉が何となく分かるとかいう、気持ち悪い理屈で野良猫と話し、お茶会の席で見せて来た時には悲鳴をあげたものだ。

(いいえ、あの女は死んだわ。死んだはずよ……)

エミリアが殺したわけではないが、結果としてそうなった。

――偶然だ。

遺体も確認されたはずだし、まったくの別人のはず。

子爵家への盗みが失敗したのも、エミリアと繋がりのあったギルドが潰れたのも。

このタイミングで辺境伯家から招待状が届いたのも、ただの偶然でしかない。

決して、アイリの亡霊が自分に復讐しようとしているわけではない。

「――エミリア? どうかしたのか?」

エミリアの私室に入ってきたのは金髪の優男だった。

「リチャード様」

共にアイリを嵌めた男に安らぎを求めて、エミリアは彼の胸に飛び込んだ。

「リチャード様、わたし、怖くて」

そっと胸に指を這わせると、リチャードの顔色が変わった。

「僕の可愛い子猫ちゃんを泣かせたのはどこの誰だ? 見つけ出して処分してやる」

「それが……」

エミリアはサロンの件は伏せて美談を語る。死んだアイリに盗まれた刺繍を回収したくて子爵家に人を遣わせたらその人が犯罪者となり、荒野で死亡。事件を調べていた辺境伯が犯罪者の家を取り潰し、同時にわたしへ招待状を送ってきたのです――。

リチャードは愛おしそうに微笑（ほほえ）み、ぽんぽん、とエミリアの背中を叩（たた）いた。

「君は本当にいい子だね。そして怖がりだ。そんなものは偶然さ」

「そうでしょうか。本当に……？」

「あぁ、人は死んだら骨だけだ。ゴーストの存在なんてまやかしだよ」

「辺境伯が招待状を送ってきたのは」

「第三王子の婚約者になった君を無視できないからだろう。中立派の彼としてはどこにも波風は立てたくないはず。各派閥の有力貴族たちを集めているのさ」

「そう、ですよね……ただの偶然ですよね」

「それより、新しい刺繍は出来た？　君の作品を見るのを楽しみにしてたんだけど」

「申し訳ありません。心労でそれどころではありませんでした……今から作ります」

「期待しているよ、僕の子猫ちゃん」

リチャードの甘い言葉に頷（うなず）きながら、エミリアは内心で算段を立てていく。

（このことはあの方に報告したほうが良さそうね……刺繍は自分で作らないと）

品評会に出るためにアイリの作品を利用したが、本来、自分の作品のほうが評価は高いのだ。面倒だからやらなかっただけで、やれば最高のものが出来るのは目に見えている。エミリアは自身の才覚を、一ミルも疑わなかった。

「——……今、なんと言った？」

「言葉通りでございます、坊ちゃま」

坊ちゃまはやめろ。そう言おうとしたシンの口は動かない。

筆頭執事からもたらされた報告はそれほどに衝撃的なものだった。

「アイリ様の母君はエルシュタイン王国に存在していません。ガラント子爵領の村娘という話ですが、出生記録、神殿登記、魔力紋、すべて偽造されております」

「……訳ありというわけか」

不吉な夜のざわめきがバルコニーに立つ二人の間を駆け抜け、カーテンを揺らす。

シンはちらりと隣室の窓を見た。すやすやと眠るアイリは、このことを。

「おそらく、何も知らないかと」

「まぁ、そうだろうな」

アイリの父——バルボッサ・ガラント子爵に聞ければ手っ取り早いが、彼の行方は未(いま)だに杳(よう)として知れない。辺境伯家の総力を以(もっ)て捜しているにも拘(かかわ)らずだ。

「アイリの力と関係があるのか……どう思う」

「魔獣を手懐ける力ですか。魔訶不思議なものですな」

シンは黙ったまま頷く。

——そう、どう考えても、アイリのアレはおかしい。

彼女はこともなげに言っているが、魔獣を調教するとは本来、痛みと時間とをかけてゆっくり行っていくもので、暴れている魔獣を宥めることを指すのではない。

アレは調教とは違う。アレは——従える、と言ったほうが正しい。

「得体が知れませんな。国に知られたら要注意人物になるかと」

「国に……」シンは愕然と目を見開いた。

彼の中の情報が線を結び、一つの像を浮かび上がらせた。

「そうか。そういうことか」

「坊ちゃま？」

「ノルド——いや、バトラー。お前に至急調べてほしい人間がいる」

シンが用件を話すと、ノルドは厳しい眼差しで頷いた。

「それは、責任重大ですな」

「あぁ、下手をすればアッシュロード家が終わる。だからお前に任せるんだ」

「了解いたしました。このノルド、全霊を賭して調べあげてみせましょう——」

第四章　きっとあなたの傍に

辺境伯の地位は軽くない。国境に領地を構え、外敵への対策に苦心し、兵力を蓄えながらも各派閥への調整も事欠かさず、国内外の安定を務めとする、重要な役職だと言えるだろう。辺境伯の位にある者はよほどの地位と才覚を持ち、王族から信頼を寄せられていると言える。今回の婚約披露宴で、私はそのことを実感していた。

「まさか我が国が誇る『蒼氷の至宝』が婚約とはね、驚いたよ」

「恐れ入ります。幸いにもいい縁に恵まれたものでして」

「これからも頑張ってくれたまえ。君はこの国の宝だからな！」

次々とやってくる来客たちはどれも大物ばかりだ、

「アッシュロード殿、例の取引のことだが」

「当家の特殊加工をほどこした魔石の件ですか。そちらについては後日――」

南の大貴族バーバリアン大公に、大商人と名高いカスターク男爵、北の地を統べる厭戦派の長、リューゼス公爵、魔術の名門ギリクリスト伯爵まで……。

「シン様ってすごい人だったんですね……」

「惚れ直したか？」

「元から惚れてはいません。既成事実を作らないでください」

「残念だ」

私はジト目でシン様を見上げる。

なんだか最近、シン様の発言が過激というか、積極的というか……気のせい？

私のことをやたら褒めて来るし、ちょっと距離が近い気もするし。

あんまり嫌ではないと思うのが不思議なんだけど……偽装妻としての役が板について来たってことかしら。うん、そう思うと納得できるような気がする。

「アイリ、気を引き締めてくれ。大物が来た」

「大物……？」

シン様の視線を追って玄関を見た私は息が止まりそうになった。

あの人は……。

モノクルをかけた白髪の老人である。老人と言ってもただの老人じゃない。国内の勢力バランスを整え、冒険者ギルドの仕組みを作り上げた傑物にして、現宰相。

私が殺されかけた時に出逢った人――マハキム・コンラード閣下だ。

「直接会うのは久しぶりだね、アッシュロード君。壮健かな」

「は。おかげさまで」

「君が籍を入れたと神殿から聞いた時はたまげたものだよ。辺境伯の君が婚約するということがどういう結果をもたらすか、分からぬわけではあるまいからね」

「そのあたりの根回しは既に済ませています」

「分かっている。君の手腕には信頼を置いているよ。まぁ老人の小言と思って聞き流してくれ。なにせ、めでたい席だ。祝いの席を穢す無粋はせぬとも」

要はあまり勝手なことはしないように、ということだろう。

今の私は南方地方の平民出身ということになっている。シン様がどんな根回しをしたのか知らないけど、辺境伯と平民の結婚を周囲に納得させるのは骨が折れたはずだ。

けれど、シン様は私に何も言わなかった。

それどころか、距離を置こうとした私に寄り添おうとしてくれて……。

「それで、アイリ嬢だったかな。初めまして」

「は、はひ！　初めまして」

私は偉い人と会う平民そのものといった緊張具合で答える。正直、バレていないか気が気じゃない。なんだか、じぃっと見られているような……。

「ふ。可愛らしいお嬢さんだ」

かと思えば、コンラード閣下は好々爺のように笑った。

「この無骨者に付き合うのはなかなか骨だろうが、よろしく頼むよ」

コンラード宰相が頭を下げて悲鳴をあげなかった自分を褒めてあげたい。

「か、顔をおあげください……！　何も頭を下げずとも」

「いや、アッシュロード君は若いながらも確かな才覚を持つ国の宝だ。そんな彼が選んだ女性だというなら、私も礼を尽くすのが仁義というものだろう」

「きょ、恐縮です」

「うむ。それではまた後で。老人は食事を楽しませてもらうとしよう」

はっはっは、と快活に笑いながらこの国の宰相は去っていく。

私は彼の背中が見えなくなるまで呼吸の仕方を忘れていた。

「ぷはぁ――……」

「ずいぶん緊張していたな」

「そ、そりゃあ、大物ですからね」

「違いない。ちなみに俺の裏の顔のことも知っているぞ」

「そ、そうですよね。宰相ですもんね。あの……私のこと、気付かれてませんよね」

私は今、蒼色（あおいろ）のカツラを被（かぶ）って丸眼鏡をかけている。そうそうバレることはないだろうし、実際、顔見知りに会ってもまったく気付かれなかった。

「勘付かれていても問題ない。というか、多少なりとも気付いてくれないと困る。君の冤罪（えんざい）を晴らす時に実は生きていたと言いやすくなるからな」

「今のところまったく気付かれてないんですが」

「ふふ、君は思ったより影が薄いらしいな」

「わ、笑いごとですか！　私にも人並みに傷つく心があるんですが！」

「いいじゃないか。君の可愛さは俺だけが知っていればいい」

「へ」

シン様は私の顎を二本指で掴(つか)み、くい、と持ち上げて目を覗(のぞ)き込(こ)んできた。

「そのほうが君を独占できる。実に合理的だと思わないか」

シン様の蒼い瞳は、触れたら火傷(やけど)しそうになるような熱情を孕(はら)んでいた。

甘い熱に浮かされて頭が痺(しび)れる。膝が震えて、声が出せなくなった。

ふ。とシン様は微笑(ほほえ)み、私の額に口付けた。熱い感触が額に残って火傷しそう。

「今はこれくらいにしておこう。みんなが見てるからな」

「ぴっ⁉」

私は飛び上がって周りを見る。ご婦人たちの扇で隠したニヤケ顔、少し照れて目を逸(そ)らしながらも私たちに注目している男性陣、黄色い悲鳴をあげる若い衆。

「あのアッシュロード様があんな顔をなさるなんて」

「『蒼氷の至宝』を射止めるアイリ様、侮れないわね」

「誰だあいつは。アッシュロードの顔をした偽者じゃないのか⁉」

行こう、とシン様に手を引かれる。主だった大物貴族は来たようだから応対する必要が無くなったのだ。私は高速で首を縦に振りながら後に続く。

こんなところにいたら恥ずかしくて死にそう。というか死ぬ。誰か助けて。

「ふふ。同じアイリなのにアイリ・ガラントとは大違いね」

ぴたり。と私は足を止めた。

聞かなきゃいいのに、耳をそばだてて話に聞き入ってしまう。

「アレは陰気な女でしたからねぇ。得体が知れないっていうか」

「何の取り柄もないくせに父親の七光りで貴族になった平民だったしねぇ」

「死んで当然ってことかしら。あんなブス」

まぁ、そうよねぇ。

私が周りからどう思われてるかなんて知っているつもりだったけど、こうして他人として話を聞くと、やっぱり気落ちしちゃうというか、ため息が出ちゃうというか。

まだアイリ・ガラントの冤罪は晴れていないんだし、そう思うのも当然か――。

「その発言、今すぐ取り消しなさい!!」

――……この声。

ハッとした。私は唇を引き結んで振り返った。

金髪ツインテールの淑女が、ドレスを持ち上げて令嬢に近づいている。

殺気立った彼女の目は、視線だけで人を殺せそうなほど鋭い。

「フレデリカ……」

私の小さな呟き（つぶや）はフレデリカには聞こえなかったらしい。

ツインテールを揺らしたフレデリカは受付を済ませたあと、アイリ・ガラントの悪口を言った淑女に摑みかからんとする勢いで、ずかずかと詰め寄った。

「アイリはね、他人を傷つけて喜ぶような噂（うわさ）の悪女じゃないのよ‼　いつだって他人を優先して、自分のことは後回しで、こっちがどれだけ言っても聞かなくて、そのくせ、ちょっと抜けてるところもあって……あの子は、本当の悪女に嵌（は）められたのよ‼　くだらない噂を妄信するより、真実を見抜く目でも養ったらどう⁉」

「なんですって……？」

まるで会場中の音が消え去ったみたいだった。

シィン……と静まり返った室内で二人の女は睨（にら）み合（あ）う。

「魔術しか取り柄のない田舎貴族が、よくもそのような非礼を働けますわね」

「同じ伯爵令嬢なんだから非礼も何もないわよ。同期のタメ口すら許せない器量の狭さが露呈しているんじゃなくて、シシリア・メルヴィル伯爵令嬢」

…………………ぁ‼

あの子、お屋敷でリーチェさんをいじめてた人だわ！

「親しき仲にも礼儀ありですわ。大体、アイリ・ガラントがエミリア・クロック嬢を虐（いじ）めていたのは周知の事実です。皆さんもそのことはよくご存知ですわよね？」

会場を巻き込むようにしてフレデリカをやり込もうとする、シシリア伯爵令嬢。

あの人、立場を殺されたんじゃなかったっけ。騒いでるだけ？

「シン様、止めなくていいんですか？」

「止めない。今はな」

「今は？　というかなんでお仕事対象だったあの人を呼んで……」

「今に見ていろ、すべてはここから始まる」

また意味深なことを……いつものゴーリさんはどこに行ったんですか。

私は視線を戻した。さっきよりもヒートアップした論争が繰り広げられている。

「大体、アイリ・ガラントが無実？　あなた、証拠はありますの？」

「それは……あの子は嵌められたのよ。あの悪女に！　エミリア・クロックに！」

「だからその証拠を見せてくださいと申し上げているのですけど」

「あの狡猾(こうかつ)陰険女がそんなものを残してるわけないでしょ⁉　大体あいつは」

「――まぁ、これは何の騒ぎですの？」

「え？」

私は思わずシン様の顔を二度見してしまった。玄関を見て、シン様を見る。

二回くらい繰り返す。だめだ。消えない。どう見ても本物だ。

来場者の中に混じっていた栗色の髪をした女性が、進み出た。

なんであんな人まで呼んでいるんですか、シン様。

「エミリア・クロック……!!」

私の代わりに業火を宿した瞳でエミリアを睨みつけるフレデリカ。

フレデリカ、エミリア、シシリアと、目まぐるしい再会に私は息が継げない。

幸いにもリチャードは居ないようだけど――。

エミリアは私のことにまったく気付かず、フレデリカと向き合った。

両手を胸の前で組み、潤んだ上目遣いで他人を籠絡する、いつもの手口。

「あの、わたくしの悪口が聞こえた気がして……ロゼリア伯爵令嬢様、何か行き違いがあるんだわ。話せば分かると思うの。お願いですから、わたくしの話を聞いて?」

「どの口が……!! アイリを嵌めた悪党が、今さら何の話をするってのよ!」

「そこです。シシリア様も仰っていましたが、わたくしがアイリ様を嵌めたという証拠はありませんでしょう? 一方的に言いがかりをつけるなんて良くないわ。ロゼリア伯爵令嬢様の評判まで悪くなっちゃう……ね? 話し合いましょう?」

「く……あんたは……どこまで……!」

嫌な視線がフレデリカに集まっていた。

今のフレデリカは私の時と同じだった。エミリアは会場の全員を味方につけている。対して、フ

レデリカは一方的にいちゃもんをつけて怒鳴り散らし、無実のエミリアを悪者に仕立て上げようとする『悪女』になっていた。

「このままじゃ、あの子まで」

私が踏み出そうとすると、シン様が肩に手を置いて来た。

任せておけ、と蒼天色の瞳が語っていて、私は祈るような思いで事態を見守った。

「フレデリカ嬢、お願いです。わたくしを信じてください」

「……っ、アイリの無念、どうせなら、今ここで！」

「その辺で矛を収めてくれないか、ロゼリア伯爵令嬢」

シン様が二人の間に割って入った。

フレデリカは怪訝そうな顔でシン様を見る。

「アッシュロード卿。あなたまでこの女の味方をされるの？」

「まぁ！　まぁまぁ！　アッシュロード様、お会い出来て光栄ですわ！」

エミリアが上気した顔でシン様に近づき、そっと手を伸ばした。

——……は？

婚約披露宴で、その当人の男に手を伸ばす？

あり得ないどころじゃないんだけど、何を考えてるの？

「わたくし、ずっとひと目お会いしたかったの。遠くで見るよりずっと綺麗なお顔をされているわ。ねぇ、アッシュロード卿。よろしければ後でお話でも」

「……悪いが、私には」

「あなた、どうかされたの？」

ん？

私、何をやってるんだろう。

「お二人ともどうかされたの？　外に出たほうがいいかしら？」

なんか、気付いたらシン様の腕に抱き付いてエミリアと向かい合っていた。

いやこれバレるでしょ……カツラと眼鏡してるけど、リスクが高すぎるわ。

今すぐ戻るべきなのに。なんで、私……。

「まぁ、あなたが噂のアイリ様ね。ふぅん」

エミリアは私の頭の上からつま先まで眺めやる。きっとこの女の頭の中では私と自分の品評会が行われている。そして、往々にして品評会で勝つのは彼女だ。

「初めまして、アイリ様。エミリア・クロックと申します」

おまけに私に気付かないと来た。

「噂では聞いていましたけど、まさかアッシュロード卿が平民出身の方と結ばれるなんて思いませんでしたわ。なんというか、そのぅ、大丈夫でしょうか？」

「何がですか」

エミリアは大仰に口元に手を当てた。

「あら、わたくしったらとんだお節介を。ごめんなさいね、わたくしたちくらいになると、平民にはない苦労があるものだから、アイリ様が苦労をされていないか心配で」

うん、殴りたい。

「ご心配なく。私の夫はとても優しくて頼りになる方なので、辺境伯夫人としての教育を丁寧に受けさせてもらっていますわ。子爵家では教わらないことまで、色々と」

「……っ」

どうしてだろう。こんなことを言うつもりじゃなかったのに。

エミリアの顔なんて見たくもないくらいなのに、なんで……。

「その辺にしておいてやれ、アイリ」

シン様はなぜか嬉しそうに口元を緩め、

「招待客ですらない女の戯言など、聞くに値しないのだから」

耳を疑うような発言に、その場が水を打ったように静まり返った。

「――……は?」

さすがのエミリアも笑顔の仮面が壊れて素が出てしまっている。

正直、私も「は?」と言いたい。だって何も聞かされてないし。

「あの、アッシュロード卿? 何を言っているのかさっぱりだわ」

エミリアは困ったように笑い、侍従から招待状を受け取った。

「辺境伯家の蠟印がついた招待状なら、確かにここに」

「ほう。見せてもらえるか」

「もちろんです。ほら…………え？」

エミリアは招待状を開き、渡そうとして固まってしまう。

だらだらと冷や汗を流して立ち尽くす彼女にフレデリカが怪訝そうに言った。

「どうしたのよ、早く渡しなさい」

こういう時、この子のせっかちなところは助かるわ……。

私たち全員の疑義を晴らそうとエミリアは招待状を裏返したり、何度も中身を見てひっくり返し、侍従に振り返った。

「アッシュロード様の招待状は⁉」

「い、いえ、それだけですが……蠟印もありますよね？」

「だったらなんで……‼」

「どうかしたのか、クロック嬢？」

悪魔の囁きがエミリアの耳朶に吸い込まれていく。

ぎぎぎ、と立てつけの悪い扉のように、エミリアは振り返った。

「えっと……その、アッシュロード卿。あなたの招待状を忘れてしまったようで」

「ほう。それはおかしいな」

シン様は不思議そうに首をひねり、言った。

「俺は君に招待状を送った記憶がないんだが」

フレデリカがエミリアの招待状をひったくり、中身を確かめる。

たぶん、この子はシン様の思惑通りに動いた。招待状を周りに見せ付けたのだ。

蠟印はある。それは確かにアッシュロード家の紋章に似ていた。けれど、中身は。

「白紙だわ」

「…………っ」

エミリアが悔しげに唇を歪め、会場中の空気が一変する。

にぃ。と、見えざる笑みを浮かべた悪魔が隣にいた。

「……何をしたんですか？」

こっそり問いかけると、シン様は小声で答えた。

「時間経過で文字が消える招待状を送った。蠟印は微妙に違うニセモノだ」

「ほえ」

な、なんでそんなことを。

心の声が聞こえたのか、シン様は心外そうに口の端を歪めた。

「アイリ。俺は妻の傷ついた心を放置するほど不実ではない。ましてや無実の人間を冤罪にかけ、のうのうと笑って暮らす輩（やから）を許すなど俺の正義に反する」

「だから、呼んだんですか？」

「ひとしれず没落されても、当人の気持ちは収まるまい？　目には目を、歯には歯を。冤罪には冤罪を。彼女には君と同じ苦しみを味わってもらわねばな」

私はゆっくりと息を吸い、吐き出した。

——状況を、整理しよう。

さっきまでこの場はエミリアにいちゃもんを付けてアイリ・ガラントの冤罪は無実だと訴える、フレデリカの迷惑な訴えに辟易（へきえき）していた。周りもエミリアの味方をした。エミリアがアイリを嵌めたという証拠はないいし、彼女とリチャード（第三王子）の関係は周知の事実。エミリアは第三王子の事実的な婚約者という、尊重すべき立場にある。

だからエミリアはフレデリカを追い詰めることが出来たのだ。

むしろ第三王子の婚約者に敬語を使わないシン様を咎（とが）める視線すらあった。

だけど、今はどうだろう。

エミリアはアッシュロード邸に足を運び、婚約者がいる男の胸に指を這（は）わせ、色気を漂わせた。

しかも、当の婚約者を辱（はずかし）めるようなことも言った。

招待状を持たずに、だ。

エミリアは第三王子（リチャード）がいながら他人の婚約者を狙う悪女に成り果てたのだ。

こうなるとさっきのフレデリカの訴えも真実味を帯びてくる。

確証はない。証拠もない。だけど、もしかしたら本当に――。

「え、冤罪よ！　わたくしは何もしていない、い、いわ！」

あぁ、分かる。分かるよ、エミリア。

こういう時、どれだけ叫んでもね、逆効果なんだわ。

訴えれば訴えるほど真実味を帯びてきて、みんなの目が敵意に満ちていくのよね。

「確かに文字が書かれていたの！　シシリア様、本当よ！」

「……クロック嬢、証拠がなければ弁護のしようがないわ」

シシリアが言った。こういう時、自分のことしか考えない人は助かる。もしかしたらシン様はこのためにシシリア嬢を呼んだのかしら。やり直す機会を与えるみたいな餌で釣って……？

「誰か！　誰か信じて！　わたくしは本当に」

「――真偽の如何はともかく、ここは祝いの席だ」

いつの間にか、シン様のすぐ横に宰相が立っていた。

国の重鎮としてエミリアの醜態を見ていられなかったんだろう。

「アイリ・ガラントの件は私も調査中で、今のところ何も言えない。私が知る限り、彼女は人を貶めることはない良識を持った子女だった……ともあれクロック子爵令嬢、今は祝いの席だ。その辺にしておきたまえよ」

さすがは宰相というべきか。

あの時、私を助けようとしてくれただけのことはある。

彼の手を取るべきだったかしら……いや、無理ね。

あの時、あの瞬間、私の選択はあれがベストだった。

「この場にいる皆に、アイリ・ガラントの件をもう一度調べると約束しよう。そうだな、アッシュロード卿」

「えぇ。私も一人の王国民として痛ましいことだと思いますから」

宰相が言えば、もはや疑いは真実に変わったようなものだ。

会場中がアイリ・ガラントの味方になり、エミリアの味方は居なくなった。

「わたくしは……」

「さぁ、クロック嬢。ご退場願おう」

シン様は耳障りな声を遮るように告げた。

「なにせ、今日はめでたい婚約披露宴の場だからな」

「アッシュロード卿……」

「これ以上何か抗弁があるなら後日聞く。今は去ったほうが君のためだろう」

それはまるっきり、私がリチャードに告げられたのと同じ言葉で。

エミリアは血が出るほど唇を噛み締めながら、踵を返すのだった――。

ちょっとした騒ぎはあったけど、婚約披露宴自体はつつがなく終わった。

旗色が悪いと見たシシリア嬢が私にすり寄って来た時は笑ってしまったけど。

さすがに都合が良すぎるでしょう。周りからも白い目で見られてたし。

「なんとか終わったぁ……」

有力貴族たちの見送りを終えてバルコニーの外でくつろぐ私である。

いやほんと、疲れた。立って笑ってるだけなのにあそこまでしんどいとは思わなかった。シン様、よくあんな作り笑い維持できるわね……ほんとすごい。

「アイリ様」

「ん………あ」

私を呼んだのはフレデリカだった。披露宴の最中はあんまり目を合わせないようにしていたけど、ついに逃げられない場所で会ってしまった。

「あ、あー……フレデリカ様、ごきげんよう、パーティーは楽しんでもらえましたか？」

「はい。素晴らしい披露宴でした。お招きいただきありがとうございます」

「そ、そうですか。よかったです」

ズレた丸眼鏡を直しながら私は頷いた。

き、気まずい。なにを話せば。というかなんでこの子はここに。

「アイリ様、先ほどはありがとうございました」

フレデリカは恭しく私にカーテシーをした。

「クロックの阿婆擦れに痛快極まる反撃、お見事でございました」

「いや、あれは私というよりシン様が……」

「それでも、アイリ様はあたしを助けようとしてくれました。アッシュロード卿が動く前に手を出そうとしたこと、しっかり見えておりましたので」

……ぐ。相変わらず目ざといわね、この子。

これ以上話してたらボロを出しかねない。私はそっぽを向いて言った。

「お構いなく。私は私が気に入らないからクロック嬢を止めようと思っただけで、あなたのためではありません。借りに感じる必要はありませんから、そのつもりで」

「――……え？」

ん？　そういえば前にもこんなやり取りがあったような。

いや、気のせいだ。そう思うことにしよう。とりあえずこの場はお茶を濁して――

「私、そろそろ片付けの指示をしなければいけませんので、ここら辺で」

ガシ、と腕を摑まれた。がっつりと。これじゃあ隣を通れないのだけど……。

「あの、フレデリカ様……？」

「アイリ……？　アイリなの？」

――ば、バレた……!?　なぜ!?　まさかさっきので!?

「わ、わわわ私は確かにアイリですが、人違いではないでしょうか。私はあなたが言うアイリ・ガラントではないと思うのですが」

「まだガラント子爵家のアイリとは言っていませんよ」

あ～～～～～～！　墓穴！　なんで、私は！　墓穴を掘ってるかなぁ！

だらだらと脂汗を流す私をフレデリカはじぃー……と見つめて。

「この慌てよう、やっぱりアイリだわ。アイリ！　生きていたのね!?」

がば、と抱き着いて来た。

「いや、だから私では。噂のガラント子爵令嬢とは髪色も違うでしょう？」

「そんなもの魔術でどうとでも出来るわ！　あんたはアイリよ！」

確かにそうだけどなんでこの子は気付くかなぁ、もう！

私が無理やり引き剝がそうとすると、フレデリカはムッとしてまくし立てた。

「よく見たら顔立ちがそっくりです。声も似ていますし、アイリじゃないというなら、その眼鏡を外してくださいませ。さぁ、さぁ！　さっさと外しなさい！」

「こ、この眼鏡は呪われていて外そうにも外せないようになってるんですぅ……！」

「絶っっ対、嘘！　次に嘘ついたら針千本飲ますわよ、このバカ！」

敬語が消えてるんですが⁉

相変わらず思い込んだら一直線だ。こんなところに助けられたこともあったっけ。

でも、ダメ。アイリは死んだ。いや、生きてるけど……。

少なくとも、この子との友情は終わったのだ。私が、終わらせた。

「い、いい加減にしてください！」

フレデリカを無理やり引き剝がして、指を突きつけた。

「あなたの言うガラント子爵令嬢がシン様のようなイケメン辺境伯様と繫がりが持てるとお思いですか！　あの子なら走って逃げてるでしょう！」

「それは…………………確かに」

「でしょう」

些か不本意な納得のされ方をしたけども、フレデリカは引き下がってくれた。

「確かにあの子にはアッシュロード卿と繫がりなんてないし……あんな風に人前で腕を組んだりしないわ……じゃあ、やっぱり別人……？　でも……」

ぶつぶつと呟くフレデリカ。

ようやく落ち着いてくれた元親友に、ちょっとだけ申し訳なくなる。

「あなたは……どうしてそこまで、ガラント子爵令嬢を信じられるのですか」

「親友だからです」

私は言葉を失った。

ごくり。とまっすぐな言葉に唾を飲み込む。

この子は、あんなことがあってまだ、そう言ってくれるの？

「親友……ですか」

フレデリカは恥ずかしそうに髪を弄びながら、

「あたし、こんな性格だから貴族院でも浮いてたんです。魔術が大好きだから、他の令嬢たちの会話にもついて行けなくて……政治とか派閥とか、面倒だし。人と関わるのを避けてました……でも、あの子は。アイリは言ってくれたんです」

確か、あの時。私は――。

「『あなたの魔術、とっても綺麗ね。もう一度見せてもらえない？』」

「……」

「そんなこと言ってくれる人、初めてでした。あたしには魔術がすべてだけど、魔術師社会は今も男性社会……家族でさえ私を認めてくれる人なんて居ませんでした。でも、あの子は……アイリだけは、こんな性格のあたしを受け止めてくれて」

荒っぽい冒険者ギルドの雰囲気に慣れていた私は、ズバズバものを言うフレデリカの物言いに耐性があった。むしろ貴族らしい言い回しは苦手だったから、直截的(ちょくせつてき)に言ってくれるフレデリカには救われるような思いだった。

「あの子のお父様は冒険者で、私も将来の選択肢の一つに考えていたから……話も弾んで、私たちは親友になりました。ずっと一緒だった……あの女が現れるまでは」

あの女。私たちの脳裏に浮かぶ、忌まわしい敵。

「エミリア・クロック。あの女狐があたしたちの友情に罅を入れた」

そうだ。上位貴族から虐められているエミリアを見た時、私は助けようとした。

でも、フレデリカは猛烈に反対した。

関わっちゃダメ。なんか悪い予感がする。とにかくダメ。やめときなさい。

「アイリは優しすぎたから、私の理由のない直感を信じませんでした。同じ子爵令嬢が虐められていることに、思うところがあったんでしょう。あたしがどれだけ言っても聞かなくて『フレデリカは伯爵令嬢だから分からないのよ』って……それで」

お互い、ついカッとなって。

勝手にすれば？　えぇ、そうする。今までありがとう、フレデリカ――。

「馬鹿だった」

「……」

「もう少し言葉を選んでいれば。あの時、あの女狐の正体を暴けていれば。あたしはアイリを救えたのに。あたしだけは、あの子の傍に居られたはずなのに！」

「……フレデリカ様」

私も馬鹿だった。ごめんね。これからやり直しましょう。

そんな風に言えたら、どれだけ楽だろう。

「お辛い気持ちは分かりますわ。でも、私はアイリ・ガラントではありません」

「……はい、失礼いたしました」

フレデリカは落ち込んだように肩を落とし、再びカーテシー。

「アイリ様は……あの子と似ていますわ。雰囲気というか、なんというか」

「……そう」

フレデリカは泣きそうな顔で笑った。

「また、お話ししてもいいですか？　宮廷魔術師のアッシュロード卿に教わりたいこともたくさんあるし……なんだか、アイリ様と話すと懐かしくて」

「ええ、また。機会があれば」

フレデリカを見送った私は背もたれに身体を預けて天を仰いだ。

違うのよ、フレデリカ。

あなたのせいじゃないの。

私が馬鹿だった。私が人の善性を妄信してたから。

あなたを裏切った私なんかに、これ以上煩わされる必要はないのよ……。

「アイリ嬢。少しよろしいかな」

「すみません今は……って宰相様⁉」

フレデリカが去ったあとに来たのは白髪の老人だった。

マハキム・コンラード閣下が茶目っぽい笑みを浮かべる。

「あぁ、今さらかしこまった挨拶は不要だよ。君はこれから辺境伯夫人になるんだ。家格だけで言えば、侯爵の儂（わし）より君のほうが上になるくらいさ」

「そ、そんな……恐れ多すぎます……」

「ははっ、まぁそれくらい謙虚なほうが、暗殺貴族には合ってるかもしれないな」

私はギョッとした。思わず周りを見渡す。招待客は会場にいるシン様に釘付け（くぎづ）けで、幸いにも誰にも聞かれていないようだけど……。

「あの、宰相様」

「大丈夫だとも。これでも周りには気を配ってる」

だからって不用心すぎるんじゃないかしら……。

バルコニーとはいえ、誰が聞いているか分からないのに。

「それであの、何か御用で……例のお仕事のことでしょうか」

「うむ。まさにその暗殺業（こと）を話したかったのだ」

「はぁ」

「君も知っての通り、アッシュロード君が担う重責は他の貴族の比ではない。王国の暗部を一手に引き受けているようなものだからね。辛いこともあるだろう。君にはその時のための心構えをしてもらいたくてね」

「辛いこと……暗部？」

「そう、暗部だ。国の闇とも言える」

マハキム様はくすりと笑った。

「一つ、昔話をしようか」

「えーっと、それ私が聞いて大丈夫な話です……？」

「君もすぐに辺境伯夫人になるんだ。聞いておいて損はないだろう。それに、今から話すのはアッシュロード領で起きた出来事だ」

アッシュロード領で？

身近な場所の話だと聞いて私は思わず聞く気になってしまった。

老獪（ろうかい）な宰相様は見透かしたように頷き、語り始める。

「四十年前の話だ。パシュラール帝国が攻めて来た話は知ってるかね」

「はい、シン様に聞きました。帝国との戦争中に魔獣が介入してきたり、虐殺事件が起きたり、とにかく大変だったと聞いています……」

「その虐殺事件を起こしたのが、このエルシュタイン王国の将軍だという話は？」

「へ？」

ちょっと待って。エルシュタインの将軍が虐殺事件？

そんなの聞いたこともないんだけど……。

「知らないのは無理もない。上層部にもみ消された話だからな」

こともなげに頷くけど、それって国家機密なんじゃ。

とんでもないことを聞いてしまった私は蒼褪めるしかない。

「しょ、将軍がなんでそんなことを」

「……当時はひどい有様でね。戦争による貧困と飢餓が絶えず、どの村も食料が足りていないような状況だった。そう、戦争で駆り出される兵士すらも飢えていた」

飢え……か。その先の話は何となく想像できてしまった。

アッシュロード領は今でさえも魔獣被害に苦しみ、冒険者が頑張ってる土地だ。

そんな土地で戦争なんて起きたら作物なんて育たないだろうから……。

「戦争が飢餓を生み、土地を枯らした。当時の子供たちが痩せ細った様は見るに堪えなかったらしい。村長だった男が王都に停戦を嘆願しに行くほどだったそうだ……。まぁ、取り合ってもらえなかったようだがね」

嫌な想像が出来てしまう。

出来れば当たってほしくないけど、この続きは、たぶん……。

「君の想像通りだ。アイリ嬢」

宰相様は灰暗い笑みを浮かべた。

「将軍は自国の村人を虐殺し、食料を奪ったのだ」

「……っ」

「結果的に戦争は停戦に持ち込めたが……将軍のやったことは上層部によって隠蔽された。国民に知られれば反乱が起きかねないからね。だから当時のアッシュロード辺境伯は、国の命令で目撃者全員と、数少ない村の生き残りを始末している」

もちろん、将軍もね。と二の句を継げない私に宰相様は言った。

「アイリ嬢。君はどう思う？　国がしたことは正解だろうか？　事実を隠蔽し、罪なき者たちを国のために始末する暗殺者の苦悩たるや、想像できるか？」

「……」

「そうなった時、君はいかにして夫を助ける？」

「…………分かりません」

私は正直に答えた。

実際、ひどいことだとは思う、けど私は戦争を経験したことがないし、当時の空気や倫理観が分かっていないから、これという答えは出ない。

もちろん、将軍のやったことは絶対に悪だ。

エルシュタイン王国が綺麗なだけの国だと思ったことはないけど、あまりにひどすぎる。絶対にあっちゃいけないことだと思う。

(でもシン様はいざという時、国のために手を汚す……)

私に夫を支える覚悟があるのか？

たぶん、聞かれているのはこういうことだと思う。

ぶっちゃけた話、私には荷が重い。本当に勘弁してほしい。

(でも私……あの人に救われたからなぁ)

現在進行形で助けられている私である。なんとか恩を返そうと考えているけど、一朝一夕で返せる恩ではなくなっていることは確かだった。

「私は何も出来ないかもしれません……無力ですから」

「……」

「でも」私は顔をあげて宰相様を見た。

「シン様が辛い時は、傍に居てあげたいです」

偽装妻としての役目はちゃんと果たさないとね。

「……そうか。既に覚悟は出来ていたか」

覚悟なんて大層なものじゃないけど、宰相様は聞きたかった答えを得られたようで、邪魔したね。と言って去って行った。結局何がしたかったんだろう――。

その日の夜、私室のソファでくつろぐ私の髪を夜風が撫(な)でた。

空に浮かんだ月は寂しそうに佇(たたず)んでいて、孤独に地上を照らしている。

なんというか色々あった一日だった。

婚約披露宴で知らない人たちと話すのは疲れたし、玄関ホールでフレデリカとエミリアがやり合った時は肝が冷えた。そう、エミリアだ。まさか会うことになるなんて思わなかった。あとシン様があんな根回しをしていたことも知らなくて……。

(私、知らないことばっかりだな)

ぐるぐる、ぐるぐる、と思考が回る。

エミリアのこと、お父様のこと、冤罪のこと、フレデリカのこと、シン様のこと。

最後にマハキム様が話してくれた国の闇のこと――。

色々ありすぎて頭がパンク状態だ。当分はゆっくりしたい気分である。

とはいえ、やっぱり気になるのは。

(フレデリカ……元気そうだったなぁ)

元親友が私のために怒ってくれたのは、やっぱり嬉しかった。

危うくバレそうになった時は焦ったけど、あの子が元気そうにしているのが見られてちょっぴりホッとした。今日一番の収穫かもしれない。

「――ロゼリア嬢に名乗らなくてよかったのか？」

「……シン様？」

シン様は湯気の立つカップをローテーブルに置いた。

ひとくくりにされた、夜を秘めた黒い長髪が風に揺れる。

「いきなりどうしたんですか。なんでフレデリカのこと」

「ロゼリア嬢のことを考えている顔をしていたからな」

「あぅ……どんな顔ですか。当たってますけども」

前も思ったけど、この人は心が読めるんじゃないかしら。

そういう魔術を使ってるんじゃないかって勘ぐってしまうわ。

シン様はくすりと微笑み「話を戻すが」とすぐに真面目な顔になった。

「ロゼリア嬢は途中まで君の正体を確信していただろう。事情を話せば……」

「たとえ、あの子が信じてくれても。私がダメなんです」

私は一度、フレデリカを裏切った。

あれほど熱心に忠告してくれたあの子を無視して、ただの情けでエミリアを助けようとした。図書室でリチャード様と仲良くなって、浮かれてた。

それが、自分を嵌めるための策だとは知らずに。

「もう一度親友に戻っても、一度裏切った私はきっとあの子を信じられない」

この罪悪感を消すために親友に戻るのはただの自己満足だ。

そんなの、あの子の親友に相応しくない。あの子の想いに失礼だ。

「さすがに気にしすぎではないか？　裏切りとまで呼べないと思うが」

「いいえ。私の行為は友情に対する裏切りです。フレデリカを信じなかった私に、友達に戻る資格はありません」

「……ロゼリア嬢もそこまで気にしていないように思うがな」

「もし仮にそうだったとしても……やっぱりダメですね」

私は一度息を吸い、そして吐いた。

フレデリカに対する後悔の念はどれだけため息を吐いても消えはしない。

「私があの子を裏切った過去は消えません。私にとってフレデリカは、間違いなく親友だったから
……あの子と絶縁した事実を、軽いことにしたくないんです」

「……君は友情に対する期待が重すぎる」

「そうでしょうか」

「あぁ、そうだ。友とは……いや、これは俺が言うべきことではないか」

ん？　何を言おうとしたんだろう。

首を傾げると、シン様が腰を浮かした。

「不器用なものだな、君も、ロゼリア嬢も」

呟き、距離を詰められた。手を伸ばせば頭に届くような距離。

不思議と嫌ではない。シン様の手がゆっくり伸びてきて、私の頭を撫でた。

「でもな、アイリ。君がどれだけ人を信じられなくても」

シン様は春のひだまりのように、ふっと微笑んだ。

「それでも、君を信じる者はいる。君の傍に居たいと思う者がいる。真の友情とは、愛情とは……一度の亀裂で壊れるようなものではないと、俺は思う」

「……それも、合理的に考えた結論ですか？」

「いいや」

シン様は手を離して肩を竦めた。

「これは俺の直感だ。合理的に考えれば、友情など互いを利用するだけの手段に過ぎない。愛情もまたしかり。だがそんな結論、たまには無視してもいいだろう」

「いいんですか」

「合理的に考えないことが、時に合理的に繋がる。それが俺の美学だ」

「……ふ、ふふっ」

私は思わず笑った。笑ってしまった。

「なんですか、それ。おかしくないですか」

「俺もそう思う」

一拍の沈黙。私たちは顔を見合わせて笑い合った。

はぁ、おかしい。こんな風に笑うの、本当に久しぶりな気がする。

「シン様、今日はありがとうございました」

「ん。どの件だ」

「エミリアの件です。私、もーれつにスッキリしました」

「あぁ、なんだそのことか」

エミリアを招待客に呼んでいたことはびっくりしたし、事前に教えといてくれてもいいだろうと思うけど、サプライズだからこそ、あそこまでスカっとしたのかも。

「まだまだこれからだ。まだ奴が君に着せたような冤罪とは程遠い」

「十分だと思いますけど……第三王子を呼ばなかったことと関係がありますか？」

「君は時々鋭いな。その通りだ」

時々は余計だと言いたいけど、本当に時々かも。

「リチャードには起爆剤になってもらう。君の冤罪を晴らし、黒幕を暴き出すためにも、国中の笑い者にしてやろう」

「……黒幕？」

「今はまだ、気にするな。時が来たら教える」

「むー。シン様、そういうの多くないですか」

「君のためだ。分かってくれ」

まぁ別にいいんですけどね。この人なら、なんとかしてくれるんだろうし。

でも、ちょっとくらい頼ってくれても……。

「あー、ごほん。ところで、だな」

「はい」

なんか露骨に話を逸らされたというか、強引に持っていかれたというか。

シン様はごほんごほんと喉が痛そうに咳払い（せきばら）いした。お医者様を呼ぼうかしら。

「君の、あの時の行動についてだが」

「どの行動でしょうか」

「クロック嬢が俺に近づいて来た時に、腕を絡ませてきたことだ」

「あぁ」

「あれはどういう意味があったのかと思ってな。少し気になった」

……どう、と言われましても。

「アレは、なんででしょうね。私にも分かりません」

「……」

「身体が勝手に動いたと言いますか、何か、シン様が他の誰かに触られるのが嫌だったと言いますか……胸がモヤモヤして、頭が熱くなったというか」

「ほう。それはどういう感情だ」

「うーん……あえて言葉にするなら」

あの時の感情を思い出してみる。頭がカッとして、衝動的に動いて。合理的に考えればリスクしかない、無意味な行動。周りに貴族たちがいて、フレデリカがいて。

「そう、あれは」

シン様が固唾を飲んでこちらを見守り、私は自分の気持ちを言葉にした。

「――偽装妻としての義務感ですね」

あれ？　シン様？

どうしてがっくりしているのかしら。腰でも痛いのかしら？

「あの状況で私がエミリアを放置すれば、きっと夫婦仲が悪いと噂が立つでしょう。婚約披露宴を形式的なものだと思われたら困ります。そうでしょう、シン様？」

「実に……合理的な考えだな」

「でしょう」

ふふん。私も辺境伯夫人としての貫禄(かんろく)が身に付いてきたってことかしら。

いつもゴーリさんの傍にいるのだし、合理的な考えが移ってもおかしくないもの。

私はゴーリさんの肩に頭を預けて、目を閉じた。

「私も、あなたの役に立っていますか」

「十分すぎるほどにな」

「そうですか、それは……何よりで……」

あれ、なんだか眠くなってきたわ。

ベッドに行かなきゃいけないのに、このままこうしていたい気分。

「シン様……？」

「なんだ」

「明日は、お屋敷に居ますか」

「あぁ、居るぞ」

「そうですか……なら、一緒に、居られますね……」

嬉しい。そんな言葉が漏れた。

なんだかとんでもないことを口走っているような気もするけど、眠くてそれどころじゃない私は
重くなる瞼(まぶた)に逆らわず、眠りの世界へ船をこぎ出すのだった——。

「……さすがに無防備すぎないか？」

自分の肩に頭を預けて眠り始めたアイリに、シンは思わず苦笑をこぼした。

規則的に上下する胸元、微かな寝息が肌に当たって、アイリの体温をまざまざと感じる密着体勢。これで手を出すなと言うほうが無茶だ。理性にも限界がある。

「こう見えて、色々我慢しているんだぞ」

アイリの頬を突くと、むにゃむにゃと口元を動かし、胸元に手を伸ばしてくる。

限界だった。

誘惑と本能が心の奥底から突き上げてきて、思わず手が伸びた。

「お父様……」

ぴたり、とシンは手を止めた。寝言だ。どんな夢を見ているのか、アイリの閉じた瞼から涙が零れ落ちて、シンの手の甲を濡らす。

ゆっくりと、息を吐きだす。

――まぁ、いい。

アイリが安らかに眠れるなら、これでもいい。

それだけの信頼を寄せてくれていると思えば、誇らしさも湧いてくるものだ。

だから、今はまだ。もう少し、このままで――。

アッシュロード夫妻の婚約披露宴から一ヵ月後。

素朴な芝生が広がる前庭の奥に、ひっそりと佇む貴族屋敷がある。

二階建ての小さな屋敷でありながら、天然石をふんだんに使った外装に加え、ドアノブや玄関灯の一つ一つに精緻な意匠がほどこされていて、大きさよりも密度に重きを置いた、瀟洒（しょうしゃ）な屋敷だ。カタリナ・マグダレーナ夫人の屋敷であった。

「今日はお集まりいただきありがとう。皆さん、どうか楽しんでいってね」

小さなダンスホールにはささやかな晩餐（ばんさん）が用意されており、見目麗しい給仕たちのサーブに淑女たちは感嘆の息をこぼす。招待客には各領地の紋章をかたどった、見事な刺繍（ししゅう）の入ったハンカチが配られ、サロンの主催者の実力と権威を象徴していた。

「さぁ、そろそろ今日の本題といきましょうか」

途端、張りつめた糸のような空気がその場に満ちていった。

主催者は暖炉のすぐ傍に揺り椅子を用意して待っている。

年のころは五十を超えているだろうか。年老いてなお艶のある白金色の髪を揺らし、皺（しわ）こそあるが美貌の衰えない口元を緩めて、彼女は招待客を一人一人見回した。

「そうね、まずは……セレスティナ嬢。おいでくださいませ」

「はい、カタリナ様」

一人の淑女が硬い動きでカタリナ夫人の下へ近づいた。

彼女の手には刺繍を凝らした布がある。品評会へ提出する品だ。

「ふむ」

淑女から布を受け取ったカタリナ夫人は、鋭い眼差しで布を見た。

それは戦士の目だ。

誇りと信念をかけた戦場で生き抜いてきた、歴戦の淑女の目がそこにあった。

「……良いわね。もちろん粗はあるけど、丁寧に縫われているし、刺繍で表現したいものがハッキリとしてる。この茨の下を走っているのは兎かしら？」

「は、はい。私の領地では兎は豊穣と守護の象徴とされていて、毎年水の月に領地をあげたお祭りがあるんです。なので、その、刺繍にしてはどうかと……」

カタリナ夫人は優しく微笑んだ。

「領地を思うあなたの穏やかな気質が表れているようだわ。この刺繍を見るだけで、普段の行いが見て取れるというものです。そうね、強いて言うなら薔薇の作り込みが甘いかしら。もう少し花芯をしっかり作ってみると、もっと良くなるわ」

これからも応援してるわね。それはカタリナ夫人最大の賛辞だった。

品評会に参加していた貴婦人たちが羨望を込めて拍手を送る。

「さぁ、次は……そうね、クロック嬢。おいでなさいな」

「はい」

カタリナ夫人が呼んだ女にサロン中の視線が集まる。

まだ幼さが抜けきれない顔立ちながら、第三王子の心を射止める魔性を持つ——

エミリア・クロック。

「あなたのことはグレンダ夫人から聞いているわ。刺繍も見せてもらった。正直私はまだ早いと思うのだけど、あの刺繍を見せられたらね。清楚(せいそ)でありながら秘めた情熱をうかがわせる、独特で、とても良い刺繍だった」

「ありがとうございます」

「今日も魅せてもらえるのかしら、楽しみだわ」

「……必ずや、ご期待に応えてみせます」

エミリアの刺繍を受け取ったカタリナ夫人は眼鏡を取り出し、じっくりと検分する。サロン参加者でも最年少のエミリアは周りの羨望と嫉妬の眼差しを一心に受けて、内心で踊りだしたい気分だった。

（カタリナ夫人に認められれば子爵令嬢という肩書なんて無くなったも同然。絶対に王子の妻になって、わたしを見下したすべてを高みから見下ろしてやる……！）

この日のために夜を通して刺繍を練習したのだ。

アイリの刺繍が手に入らなかったのは残念だが、あんなものは保険。

自分なら己の才覚のみで認められると、彼女は信じきっている。

カタリナ夫人は公爵夫人でありながら刺繍に関しては爵位を問わないと名高い。

権威と実力を持つ彼女に認められたなら、それは真の実力ということになる。

「……なるほど、これがあなたなのね、クロック嬢。よく出来てる」

「気に入っていただけて何よりです。この薔薇の意匠は……」

「い、いい」

「でも醜い」

「え？」

カタリナ夫人は吐き捨てるように言った。エミリアの刺繍を、汚らわしい物に触れるように投げ捨て、揺り椅子に身体を預ける。

「一見、薔薇と宮殿を象（かたど）った刺繍はよく出来ているように見える。でも、裏地を見なさい。糸玉は絡んでいるし、でこぼこしていて不揃（ふぞろ）いだわ。まるで表面だけ取り繕って内面はどす黒い欲望が絡み合った、あなたの内心を表しているよう」

「そ、そんな。わたくしはそんなつもりじゃ」

「刺繍には人の心が表れる。どれだけ拙（つたな）くても一針ずつ丁寧に、見えないところをちゃんと仕上げる子なら、私もここまで言わなかった。でも、これは……」

カタリナ夫人はかぶりを振った。

「……アッシュロード卿の言う通りだわ。あの噂は本当だったのね」

「うわ、さ……？」

「あなたが無実のアイリ・ガラントを冤罪にかけ、殺したという噂よ」

戦慄が、エミリアの背筋を駆け抜けた。

なぜ、どこで、どうやって。

疑問の濁流に押し流されるエミリアはハッと振り返る。

先ほどまで感じていた羨望と嫉妬の眼差し。もしや、アレは。

「やっぱりそうだったのね、最初から怪しいと思ってたのよ」

「無実の令嬢に冤罪を着せるなんて、恥知らずにもほどがあるわ」

「よくもこの場に顔を出せたものよね」

サッと顔から血の気が引いた。

「……っ、ち、違う！　わたくしは殺してなんかない！」

「アイリ・ガラントのことをね。宰相殿に言われて、私なりに調べてみたのよ」

カタリナ夫人は憂いを帯びた瞳で布を取り出す。それはエミリアが今回のサロンに参加するにあたりグレンダ夫人に見せた、アイリの刺繍だった。

「貴族院の教師陣から、とてもいい生徒だったと聞いているわ。真面目で優しくて、爵位は下だけど、その分、上の者を敬う慎ましさを持ってる。他人を虐めるような子じゃないって……それをね、社交界に広めたら、たーくさん出てきた」

「な、なにが」

「リチャード王子に買収されてあなたの誕生日パーティーの場で証言をさせられたっていう、自白よ」

エミリアは愕然とする。淑女の刺繍を品評する穏やかなサロンは、いまやエミリアを断罪する殺伐とした処刑場へと姿を変えていた。

「あなたがグレンダ夫人に見せたこの刺繍もね、アイリ・ガラントが授業で提出した物とそっくりだった。今回のこれもそう。あなたはアイリ・ガラントの刺繍を模倣していただけ。他者の努力を自分の物にして楽をしようという、虚栄心の塊よ！」

「う、嘘よ。デタラメよ！　どこにそんな証拠があるの⁉」

「……そう、証言だけじゃ冤罪は覆らない。何より、失った命は戻らない」

カタリナ夫人は悲しそうに目を伏せた。

その目が怒りを宿し、キッ、とエミリアを見上げる。

「でも、これ以上の悪逆を食い止めることは出来る。エミリア・クロック。覚悟することね、これよりカタリナ・マグダレーナは全力を賭してあなたを追い落とすわ」

「わ、わたくしは」

「言い訳は結構。あなたが咲かせる花はドブの中がお似合いよ」

これ以上ここに居るなら容赦はしない。

裏の声を読み取ったエミリアは奥歯を噛み締め、カタリナ夫人を睨め付けた。

「覚悟するのはあなたたちよ、いつまでも老害が上に居られると思わないことね。わたくしのバックにはあなた方なんて想像もつかない人が控えてるんだから」

「第三王子が強力な味方だと思ってるなら、あなたの頭は空っぽの風船みたいね」

クスクス、と貴婦人たちの嘲弄がエミリアの神経を逆撫でする。しかし、ここで暴力を働くような愚をエミリアは起こさなかった。そこまで考えなしではない。

侮蔑と嘲弄、何より強い軽蔑の視線を受けてエミリアはその場を後にした。

(どうしてこうなった……!?)

アイリを蹴落とし、カタリナ夫人を踏み台にして上の地位を目指すエミリアの計画は上手くいっていた。あの方の支援を受けたことでそれはより盤石になるはずだった。

(あの女……アッシュロード卿から噂を聞いたって言ってた)

怒りの業火が脳内で燃えさかりながらも、エミリアは冷静に思考を回す。

アッシュロード辺境伯。エミリアに恥をかかせた、憎むべき敵だ。

(そうだ……あの時からだ)

あの婚約披露宴以来、周りの自分を見る目が冷たくなっていった気がする。

（あの招待状は本物だった。間違いなく文字が書かれていた。偽物？　時間が経ったら消える仕掛け？　私を嵌めるため？　何のため？　あの人とは接点もないし）

『蒼氷の至宝』という名は聞いていたし、実際にその美貌は目にしていた。

だから唾をつけておきたいという狙いで婚約披露宴に行ったのだが——

電撃が脳内を駆け抜けた。

「まさか」

エミリアは立ち止まった。

社交界で頑なにパートナーを見つけようとしなかったアッシュロード卿。思えば彼が婚約を発表したのはアイリが死んだすぐ後だ。そして彼に恥をかかされた途端、エミリアの計画が狂ってきた。

もしも、すべてが繋がっているとしたら？

辺境伯の下に嫁いだ名もなき平民の娘が、死んだはずの令嬢だったら？

顔立ちが似ている。声もそっくりだ。瞳の色も同じ。こんな偶然があるか？

どんっ!!　とエミリアは壁を打ち付けた。燃え滾る憎悪が彼女の瞳に灯った。

「あぁ、そう……生きていたのね……アイリ・ガラントっ!!」

嫉妬だけで真実の展望を開いたエミリアは、こうしてはいられないと動き出す。

まずはリチャードに連絡、そしてあの方に今後の方策を教わらなければ。

大丈夫だ。逆転の日は、まだある。

「そろそろ潰すか」

「え？」

な、なにいきなり怖いこと言ってるの、この人……ドン引きなんですが。

昼下がりの前庭、木漏れ日の下でケーちゃんのお腹にうずくまる私と、木の幹に背を預けて小鳥を指に止めていたゴーリさんは絶賛日向ぼっこ中だった。

とても眠気が誘われる晴れた日なのに、この人の声音は絶対零度である。

私が心なしか距離を取ると、シン様はふっと微笑んだ。

「こっちの話だ。気にするな」

「心臓に悪いのでやめてもらえます？」

「ところで明日の夜、王都でディナーの予約を取ってるんだが」

「話が急転換しすぎですが……お茶会に呼ばれてるので、その後なら」

「決まりだ」

まるでデートみたいだと思ったけど、予約を取ってるんじゃ行くしかないよね。

キャンセルしたらお店に迷惑がかかるし。

ばーう、とケーちゃんが欠伸(あくび)すると、シン様が周りを見渡した。

「にしても、まるで魔獣鑑賞会だな。そろそろ厩舎(きゅうしゃ)でも立てるか」

「あはは……さすがにそこまでは」

私たちの周りにはたくさんの生き物がいた。二又狐(ふたまたきつね)や一角獣(ユニコーン)、はぐれ狼(おおかみ)や元野良猫、大熊の子供、その他にも色々……私のお腹の上には鼠(ねずみ)のチュータが丸くなっている。

ゴーリさんに助けられたあの日から、はや半年。

私がアッシュロード辺境伯領に何か恩返しが出来ないかと、コツコツ集めた自慢の友達だ。みんな可愛くていい子たちばかりだけど、実はここに居る子たちは群れのリーダーをしていたので、呼ぼうと思えばもっと呼べるのは内緒である。

「正直、君の才能を甘く見ていた。ここまでとはな……」

「地道に増やしていった賜物(たまもの)ですね」

「塵(ちり)も積もれば山となるか。実に合理的で俺好みだ」

「お気に召してなによりです」

「今日はロゼリア伯爵令嬢とのお茶会だったな？」

「はい。シン様に魔術を教わりたいそうです」

「ふむ。あそこは堅実なガンド流魔術の系統だから、俺のノウハウが活(い)かせるかは微妙だが……魔術の本質は同じだ。多少なりとも役には立てるだろう」

「いいのですか、魔術を教えてしまって。シシリアさんみたいな人が探りに来ても秘密にしていたじゃないですか」

「君の友人だしな。構わんさ」

「元友人です。お間違えなく」

「失敬した。まぁたとえ俺のすべてを教えても俺と同じ魔術が使えるとは限らないし、簡単には真似(まね)できない。彼女がどこまで食らいつけるか見ものだな」

何となく闘志が漲(みなぎ)ってるシン様を見て私は心の中で手を合わせる。

――ごめん、フレデリカ。眠れる怪物を起こしちゃったみたい。

「それより、君こそ良かったのか？　ロゼリア嬢(元友人)の誘いを受けて」

「はい。私にも思うところが色々ありまして」

フレデリカからお茶会の誘いを受けたのは先週のことだった。

本当なら断ってもよかったんだけど、シン様も一緒にと書いてあったから、たぶんそっちが目的なんだと解釈して、そういうことならと私は誘いを受けた。

かつてあの子の友情を裏切った私だから、こんなもので罪滅ぼしになるとは思わないけど……フレデリカは魔術が大好きだし、シン様を連れて行ったら喜ぶと思って。

「私は壁の花になっているので、どうぞ二人でお話しくださいませ」

「さすがに君を誘っておいて魔術の講義ばかりにはならないだろう」

「いやいや、分かりませんよ。フレデリカは魔術が大好きですから」

――そう思っていた時期が私にもありました。

ええ、ありましたとも。フレデリカは貴族院の授業で魔術の成績はトップ、社交とか刺繍は赤点でも、魔術が出来るからそれでいいと笑っていたから。

それがどうして、こんなことに……。

「それでね、彼らから嫌味を言われた時、アイリは真顔で言ったの。『あなたたちの知能は魔獣並みにすごいわ』って。あれ褒め言葉のつもりなのよ！　あの子ったら不思議そうで、上位貴族は大怒り！　それでもあの子が堪えないものだから、強硬手段に出ようとしてね、怒ったあたしが上位貴族たちを泥水だらけにして、二人で逃げ回って！　泥だらけになって帰ってきたら、お父様に怒られたわ。でもあたし、おかしくって」

「ほう。アイリ・ガラント嬢はずいぶん面白い女性だったようだな」

「そうなんです。教師陣にはうまく隠してましたけど、あの子、天然なんです」

「ほほう」

にやぁ、と笑いながら私をちらりと見るゴーリさん。

「いやはや。俺も会ってみたかったな。ガラント令嬢に」

……いっそ殺してください!!

てっきりシン様の魔術目当てだと思ったら、
フレデリカは私との思い出話をこれでもかと語り、ゴーリさんを楽しませていた。恥ずかしすぎる。ていうか魔術を教わる気配がまったくないんですが。

「ね、どう思う……じゃなかった、思いますか、アイリ様」

両肘を立てて、手のひらに顎を乗せながらフレデリカは笑った。

「おかしいと思いません？　どんだけ天然なのよって」

この子、本当に気付いてないのよね？

「そ、そうですね……きっと彼女は大真面目だったんじゃないでしょうか」

「真面目だから問題なのよ！　あの子は本当に……あぁ、何度も申し訳ありません。あたし、興奮しちゃったら敬語外れちゃう癖があって」

「敬語なんてただの道具なんですから、気にしなくてもいいですよ」

「え？」

「要は気持ちがあればいいんです。敬語を使っても敬意がなかったら意味ないです」

じー、と私を見るフレデリカ。

あれ？　なんかこのやり取り、前もあったような気が……。

もしかして私、またなんか自爆した？

「アイリ様って、綺麗な顔してるわよね」

だらだらと冷や汗を流す私にフレデリカは言った。

もちろん、私は今、蒼髪のカツラと丸眼鏡を付けて変装しているけれど……。

フレデリカは獲物を見つけた猛禽類のような目になった。

「さっき話してたアイリも、すごく綺麗な顔をしててね……しかも自分の容姿に無自覚なのが腹立たしいというか、どれだけ言っても前髪をあげてくれなくて」

「へ、へぇ。そうなんですか」

「アッシュロード卿はアイリ様の素顔を見てらっしゃるのよね？」

「もちろん」

「ですよね。いいなぁ。私もアイリ様の眼鏡を外した顔、見てみたいなぁ」

「残念です。この眼鏡は外れない呪いがかかっていて……」

――眼鏡外したら絶対にバレるから外さないわよ!!

ぐるる、と牙を剝く私の心の声を、フレデリカは意に介さない。

「あぁ、私、アイリが死んでから寂しくて……最近、あの子の顔も思い出せなくなってるの。アイリ様が素顔を見せてくれたら……寂しさもまぎれるのだけど……」

「残念です。私も外したい気持ちはあるのですが……」

「そう。なら、これも許してくれるわよね？」

「え？」

おもむろに机の下から杖を取り出したフレデリカ。

先端についた、無色透明なガラスのような石が緑色の光を放った。

彼女が何事かを呟いた瞬間、私の足元からもーれつに風が吹き上げてくる。

突如として起こった小さな竜巻は私の丸眼鏡を吹き飛ばそうとした。

ちょ、ちょっと待って！

「ななな、なにするんですか。さすがに強引すぎますよ、フレデリカ様！」

必死に眼鏡を押さえながらテーブルの上に頭を避難させる私。

「無礼は百も承知！　でもあたし、どーしても確かめておきたいのよ！　アイリ様がアイリと別人だって言うなら、ちょっとくらい見せてくれてもいいでしょ⁉」

「だからこの眼鏡は外せないんですって！　外したら魔眼が発動して……！」

「魔眼で石化でもなんでもしたらいーじゃない！　あたしは、死んでも本望！」

「過激すぎる⁉」

フレデリカの腕が伸びてきて、私たちはテーブル越しに取っ組み合いみたいになる。私は面白そうにお茶請けを口にするシン様に抗議を飛ばした。

「シン様、黙ってないで止めてください、嫌いになりますよ！」

「む。もう少し見ていたかったのだが……仕方ないな」

パチン、とシン様は指を鳴らした。

その瞬間、フレデリカの魔術が消えて静寂が戻ってくる。

私たちを引き剝がしたシン様は「ごほん」と咳払い。

「ロゼリア嬢、それ以上は許してやってくれ。我が妻は人見知りなのだ。人見知りすぎて絶対に外れない呪いの眼鏡をかけてしまったほどに」

「人見知りにもほどがあると思うけど。ていうかあたしの魔術をいとも簡単に……」

「嫌がるご婦人に無理強いするのは君の本意ではあるまい？」

「……確かにそうね」

フレデリカは不承不承納得したように頷いた。

「失礼しました、アイリ様。取り乱しました」

「ええ、本当に……頼みますよ。いや本当に」

ぜー、ぜー、と息が荒立ち、肩が上下する。フレデリカの強引さと行動力には毎回肝を冷やすわ。この分なら、次回のお茶会は考えたほうがいいかもしれない。

これでフレデリカも諦めてくれたらいいんだけど……。

「ところでロゼリア嬢、先ほどの魔術だが」

「は、はい」

「筋はいいが、まだまだ荒っぽいな。具体的には……」

シン様が良い感じに話を逸らしてくれたので私はほっと息をつく。

まだ私の冤罪が晴れていない以上、素顔を晒すわけにはいかないのだ――。


「アイリ・ガラントが殺されたのは自業自得だと思います」

そう思っていた時期が私にもありました。何なんですか本当に！

まさか翌日のお茶会で自分の話が出るとは思わなかった。

幸いにも変装しててバレなかったけど、ドキドキしすぎてお茶の味も分からなかった。

(何事もなく済んでホッとしたけど、ちょっと複雑……)

今日お茶会で会った人たちみんな会ったことがある人だしね……。

フレデリカのこともあって、少しくらい勘付かれてもおかしくないと思ったのだ。

そんなに私の影って薄いのかな？

迎えに来たシン様に複雑な乙女心を話すと、彼は素知らぬ顔で言った。

「気付かなくて当然だろう。俺から見ても初めて出会った頃の君とは違って見えるぞ」

「はい？」

「前の君より、ずっと綺麗になった。君が妻であることは俺の誉れだ」

な、なんて恥ずかしいことを……！

私は赤くなった顔を悟られないように目を逸らす。

それから咳払いして、口元に笑みを作ってからシン様に向き直った。

「ふふ。ちゃんと偽装妻が出来ているようでよかったです」

「……そういう意味ではない」

どうしたんだろう？　シン様は笑みを消して不満そうな顔になった。

まさか本当の意味で私のことを好きだと言っているわけじゃないだろうし。

だって私に偽装妻の話を持ち掛けたのは、他ならぬこの人だもの。

「ともかく……君が変わったのは事実だ。そうだろう？」

変わったというか、変わらざるをえなかったというか。

「色々ありましたけど……あれからもう、半年になるんですね」

茜色(あかねいろ)がにじんだ空を見上げながら、私は呟いた。

エミリアとリチャードに嵌められ、牢屋(ろうや)で過ごし、シン様に助けてもらい、リーチェさんやみんなに良くしてもらって……ようやく今に至る。本当に濃密な半年だ。

「というか、昨日に引き続き、なんだかお茶会でアイリ・ガラントの話がよく出て来るんですが……もしかしてシン様、何かしてます？」

シン様は得意げに笑った。

「もちろん、俺は君の冤罪を晴らすためにあらゆる手を尽くしている」

「あらゆる手をですか」

「なんだ、あんまり嬉しそうではないな？」

「うーん、どうでしょう。ぶっちゃけた話、とても良くしてもらっているので、別にガラント姓に戻らなくても困らないと言いますか……あれ、でも」

とんでもないことに気付いてしまった。

いや、初めから分かってた話なんだけど、ようやく実感が湧いたというか。

「もしも私の冤罪が晴れたら、契約ってどうなります?」

シン様は私の冤罪を晴らす。私はシン様の偽装妻として辺境伯に協力する。

それが私たちの契約で、私たちの始まりだった。

でも、片方の目的が達成されてしまったら……。

シン様は真面目な顔で私をじっと見つめた。

「君はどうしたい?」

「……」

「君が望むなら、離婚して一人で暮らしてもいい。アイリ・ガラントの冤罪を晴らせば、リチャードとの婚約破棄などお釣りがくる。君を望む男はいくらでもいるぞ。リチャードのような政略結婚ではない、俺のような利害関係でもない、君が本当に望む男と添い遂げることが出来る」

「……」

なんか、嫌だった。

シン様がこんな風に淡々と話しているのが、すごくもやもやした。

だからか分からないけど、私はつっけんどんな口調になった。

「あなたは……どうしたいんですか」

「それを決めるのは君だ。アイリ・ガラント」

この人は私じゃなくて、偽装妻が務まったら誰でもいいのかな。

この半年、二人で色んなところに行ったり、大変なこともあったけど。

シン様にとっては偽装妻の契約を果たす、ただの仕事だったのかな。

思考が泥沼に嵌って動けなくなる。頭がぐわんぐわん回って吐きそうだった。

ずっと安全だと思っていた道がいきなり崩れたみたいな……そんな感覚。

私の気持ちは底なしの沼をどこまでも落ちて、戻ってこられなくなる。

こんな、こんな気持ちになるなら、あの時、死んだほうが――

「他人に答えを求めるな。他者に人生の手綱を委ねるな。君はあの一件で他人を信頼できなくなったのだろう？　俺に答えを求めてどうする」

私は投げやりな気持ちで、何も考えずに答えていた。

「別に、シン様は他人じゃありませんよ」

「は？」

「え？」

私たちはお互いに固まってしまった。

「それは、どういう意味だ」

…………。待って、私、今なんて言った？

途端に意識が明瞭になり、底なし沼から引きあげられた私は、今度は自分の発言に向き合わなくてはならなかった。シン様は他人じゃない……。

うーん？　別に、おかしなことは言ってないよね？

「一つ聞くが」

「はい」

「君にとって俺は、どういう存在なんだ」

「どうって」

恩人であり、契約者であり、偽装夫であり、共犯者であり、同居人で。

そういうレッテルを剝がして、ただこの人を言い表すなら――

「隣にいるのが、当たり前の人……？」

シン様は氷漬けになった。

そう錯覚するほど動きが止まり、ちょん。と頰を突いても微動だにしなかった。

なにこれちょっと面白い。ちょんちょん。

「それは、どういう意味だ」

さっきの繰り返し。まるで同じことしか言えなくなったみたい。

「どうって、特に深い意味はありませんが。思ったことを言っただけです」

半年も一緒にいるんだから、別におかしくないよね？

首を傾げると「はぁ――……」とシン様はその場で蹲(うずくま)ってしまった。

「そういうところだぞ、アイリ」

「だから何がですか」

「合理的じゃないという話だ」

「まぁ、人の心は複雑怪奇ですからね」

「まったくだな」

シン様は私の顔を見ながら、何度も頷くのだった。


お茶会を終えた数時間後、私たちはエルシュタイン王国王都にやってきた。

王城を中心に大小さまざまな建物が並んでおり、貴族地区、住宅地区、工房地区、商業地区など、いくつかの区画に分かれている。私たちがやってきたのは通称『下町』と呼ばれる、貴族街の間近にある通りだった。

「夕食を食べに行くのは構いませんが、どこに行くのですか？」

「この近くに貴族たちが顔を隠して通う、会員制のバルがあってな。そこに行こう」

そう言ってシン様が取り出したのは顔半分を覆う白い仮面だ。

「バルに行くのは構いませんが……なぜ顔を？」

「たまには貴族も平民のように飲んで騒ぎたい時があるのさ」

なるほど、そういう需要に応えた店ということか。

「この前は陛下が出入りしてたぞ。内緒だけどな」

「え。王族の方とはあまり会いたくはないですが……」

リチャードと婚約する時に会ったけど、私の冤罪はまだ晴れていないわけで。

バレないとは思うし、別にリチャード以外の王族に思うところはないけど……。

「あと、ちょーうまい」

「行きましょう」

即答してしまった。

だって、シン様が口調を崩すほどの美味(おい)しさなのよ？

それはもう行くしかないでしょうよ。人間、食欲には勝てないのだし。

シン様に連れて行かれたのは貴族街の間近にある、辺鄙(へんぴ)な路地裏の店だった。

「いらっしゃいませ」

店は二重構造になっていて、扉の先にもう一つ扉があった。

小部屋にいた、執事服を着たドアマンの方が恭しくお辞儀をする。シン様が会員証を見せると、彼らは動じることなく一礼し、仮面をつけるように促してきた。

……なるほど、さすがに素性の知れない者が入れる店じゃないのね。

仮面をつければ誰でも入れる店ではなく、あくまで同じ客側には誰だか分からないようにして羽目を外す、と。まぁ、そうじゃなかったら何かあった時困るもんね。

「ご希望であれば変装も可能です。いかがされますか？」

「気遣い感謝するが、このままで構わない」

「かしこまりました」

丸眼鏡を外して仮面をつけると、なぜかぴったりフィットした。

鏡を見る。蒼髪のカツラに顔の上半分を隠す白い仮面、高級な夜色のドレス。

自分でも自分が分からなくなりそうな格好だった。

「思ったより快適です。視界も悪くないですね」

「特注だからな」

「……さては常連ですね？」

「こういう場所は情報に事欠かないんだ。表も裏も」

「それだけですか？」

「あと、ちょーうまい」

「さっきから思いましたけど、シン様が『ちょーうまい』なんて、よっぽどですね」

呆れながら突っ込んでいた私だけど、次々と運ばれてくる料理に語彙を失った。

「なにこれ」

オリーブオイルと香草で味付けした野菜は不思議な味がするし、生ハムメロンは贅沢の極み。自家製の燻製ベーコンは塩気が効いていて、ピリッとした胡椒の味が癖になる。海老のアヒージョは最高にぷりぷりだ。しかも、ワインが飲み放題！

何百種類も取りそろえたワインを楽しみながらいただく食事は最高という言葉しかない。あいにくと私はあんまり飲めないから、シン様とシェアしながらひとくちだけ飲んで、色んなワインを楽しんだ。いいなぁ。私もお酒がたくさん飲めたらなぁ……。

「どうだ、感想は」

「ちょーうまいです」

「だろ」

シン様は悪戯に成功した子供のように笑った。

……ちょっと可愛い。

「ごほん。少なくともシン様が通う理由は分かりました」

「また来るか」

「王都に来た時は寄りましょう」

「即答か。了解した」

くっく、とシン様は肩を揺らして笑う。

手の上で踊らされている感が否めないけど、ご飯が美味しいので良しとした。

「ん。このケーキ美味しいですね。お土産にもらえるでしょうか」

リーチェが喜びそうだ。他の侍女たちとはあんまり接点がないけど、日頃世話になっているのは確かだし、お土産に持って帰ったら喜ぶだろう。

魔獣用のケーキとかは、さすがに置いてないよね？

ケーちゃんたちにも何かあげたいな。どうせなら今度作ってみようかな……。

「そうだな、聞いてみるか」

店員さんに尋ねてみると『喜んでお包みします』と言ってくれた。

食後に出してくれたコーヒーを飲む。

とても美味しくて、幸せな味だわ……。

「――てかさ、ぶっちゃけどうよ。エミリア嬢との仲は」

突然、知らない声が入って来た。

言うまでもないがここはバル。つまり私たち以外のお客も多い。私たちが来た時は空席だった隣の席に、若い男性二人が座っていた。

「まぁまぁだね」

背筋に悪寒が走った。

心臓が音を立てる。身体中の筋肉がこわばった。

（この声は……）

私はゆっくりと隣を見る。顔半分が仮面で隠されているけど、体格や服装、声の抑揚の付け方が、絶対に会いたくない男と一致していた。

「お前も罪な男だよな、チャーリー」

明るい金髪に、王族特有の赤みがかった瞳。

身体の線は細くて頼りなく、触れたら折れてしまいそう。

第三王子、リチャード・エルシュタインだった。

『ずっと君の姿を目で追っていた。僕と婚約してくれないか』

リチャード・エルシュタインと婚約した時のことは今でも鮮明に覚えている。

貴族院の図書室で借りた本を返している時のことだった。それまでの私たちの接点と言えば図書室で本の話をした程度で、まさか異性として意識されているなんて思わなかったから、突然のことに驚いた。驚いたけど、承諾した。

理由は二つある。

一つはちょっぴり憧れのシチュエーションだったから。

平民出身の女の子が図書室で仲良くなった王子と思いを通じ合わせる、みたいな。

本で読んでいたお話が現実に出てきたみたいで嬉しかった。

もう一つは、単に政治的な理由だ。

子爵令嬢が第三王子からの婚約打診を断ることは出来なかった。

もし断ってしまったらお父様に迷惑がかかる。

五歳の時にお母様が死んで以来、男手一つで育ててくれたお父様にこれ以上の迷惑はかけたくなかったのだ。

それに、第三王子という身分も大きかった。

第三王子であるリチャード王子の王位継承権は低く、将来的には降家して公爵あたりになるのが妥当だろうと言われていた。私にとっては渡りに船だ。

王妃みたいな大変そうなこと、絶対にやりたくない。

図書室でのリチャードは優しかったし、性格面も嫌いじゃなかった。

ちょっと格好つけすぎなところもあるけど……そんなところも可愛いと思った。

今は、そんなことを思った自分を殴りたいけど。

「あんまり僕を悪者にするなよ、デイヴィット」

リチャードは苦笑するように言った。

「別に、女性を振った後に別の女性とくっつくのは普通じゃないか」

あぁ、やっぱりエミリアとはそういう関係なのね。

ええ、分かってました。分かってましたとも。

「そうだけどさ、振った女って『普通』じゃないだろ」

今すぐ耳を塞いで俯いて、この場から逃げ去ってしまいたい。

理性ではそれが正解だと分かっているのに身体はついていかなくて。私の足は床に張りついたみたいに動かなかった。

「話は聞いてるぜ？　彼女、同級生の私物を盗んで虐めてたって？　お前、どんな女と付き合ってたんだよ。アレと婚約していたお前の理性のほうを疑うね」

チャーリーと偽名を使っているけど、話の内容は聞く者が聞けばすぐに分かる内容だ。リチャード王子と『悪女』アイリ・ガラントの婚約破棄騒動。

そしてかの王子が虐げられていた令嬢を救い出した美談……。

そっと手が重ねられた。シン様は「少しだけ耐えろ」と囁いてくる。

少し？　少しって、どれくらい？

これ以上、一秒だってこの人の隣に居たくないのに。

優しいシン様はどこに行ったの？　どうして私をここに引き止めるの？

どうせこいつらが話すのは、私が知ってる内容でしかないのに――

「ハハッ、馬鹿だなぁ、デイヴィット。あいつ、あんな女、最初から本気じゃないよ」

は？

私は思わず彼らの方を振り向いた。この店は二軒目なのか、彼らの頬は赤らんでいるように見える。そのおかげもあって、彼らは私のことに気付かない。

「実はさ」リチャード王子は秘密の話をするように身を乗り出した。声を潜めているつもりかもしれないけど、隣にいる私たちには筒抜けだ。

「僕、最初からエミリアと付き合いたかったんだよ」

何を、言っているんだろう。

「はぁ？　つまりどういうことだよ」

「知っての通り、僕の立場は王子的には弱い。政治的には諸外国に婿入りするか、臣籍降下して有力貴族と婚約させるほうがいいだろ？　僕の我儘なんて通らない」

どくん、どくん、と心臓の嫌な音が鼓膜の奥で響いた。

身体中から血の気が引いて、力という力が失せていくのが分かる。

「そこで僕たちは一計を案じることにした。要はエミリアが子爵令嬢でも僕を諸外国へ婿入りさせるより政治的な価値が高いと思わせればいい。でも、普通にやったって子爵令嬢になんか誰も見向きはしない。だから僕たちはあの女を悪者に仕立て上げることにした。僕と婚約したことで調子に乗った元平民が、才能のある麗しい令嬢を虐め、ひどい目に遭わせる。そこを僕が救えば……」

「子爵令嬢の立場でも注目され、否が応でもみんながそいつの動向を追う」

「ああ、そこでエミリアが頭角を現したら？」

「国王陛下でも納得する、か」

付き添いの男はドン引きしたように頬を引きつらせ――。

「ぎゃっははは！　おまえ天才！　惚れた女のために他の女を犠牲にするかよ！」

「尊い犠牲と言ってくれよ」

あぁ、だからだったんだ。

二人きりで会ったことがほとんどないことも、
図書室で一緒に本を読んでいたらなぜかエミリアがいたことも。

「どうせ彼女は元平民なんだ。王族の幸せの礎となれてむしろ名誉じゃないか？」

「いやいや、それでもひでーだろ」

「心外だな。これは僕だけじゃない、彼女の提案でもあるんだぜ？」

手を繋ぐこともなければ、甘い言葉を囁かれたこともなかった。

当たり前だ。だって私は踏み台だったんだから。

――心のどこかでまだ信じていた。

エミリアのことはまだしも、王子のほうは誤解しているだけかもって。

殺されたことになっている今、分かられても困るけど。

それでも誤解なら、まだ……。

「一瞬でも僕と婚約出来たんだ。むしろ感謝してほしいくらいだね。彼女と話しても面白くないし、あの白髪は気持ち悪かったなぁ。早く別れたくてしょうがなかった」

……やっぱりそうだ。人は人を信じちゃダメなんだ。

他人と付き合うために笑顔の仮面を張りつけ、一見、私のためになるような提案をしても、実は当人のためになる発言をする。世界はそんなものなんだ。

絆(きずな)、友情、愛情、そんなもの、すべてまやかしに過ぎない。

「あんな女、死んでせいせいしたよ！」

目の前が真っ暗になった。もう何も聞きたくない。

何もしたくない。あんな男の言葉にショックを受けている自分が何より嫌だった。

親友だと思っていた女に陥れられ、王子との婚約はまやかしだった。

すべては彼らを引き立てるためで、私という女に価値なんてなかったんだ――。

「下を向くな。胸を張れ」

固く握りしめた手が、温かいものに包まれた。

ごつごつしていて血管が浮いてる、まだ慣れない人の手。

「旦那様……？」

顔をあげれば、シン様が柔らかな笑みを浮かべていた。

彼は片時も私の手を離さず、優しく包み込んでいる。

「アイリ、思い出せ。今の君が誰の妻なのかを」

「妻だ……なんて」

そんなもの、偽物でしかないのに。

「アイリ。合理的に考えるんだ」

旦那様の顔は笑っている。けれどその目は冷たく光っていた。

「妻を泣かせた奴を、俺が許すと思うか？」

そう言って、彼は宙に魔術陣を描いた。

◆◇◆◇

リチャード・エルシュタインにとって、女神とは一人の女性を指す。

エミリア・クロック。彼女こそリチャードを救った高貴なる女神だ。

第三王子という立場に生まれた彼は王族としての義務を放棄することも出来ず、さりとて王位継承権からは程遠いという損な立場にいた。と言っても、別に側室の子だったわけではない。

正妻の子として生まれたが、貧乏くじを引かされた感は否めなかった。

次期王として教育を受ける長兄や補佐として育てられていく次男。

めざましく才能を発揮させていく兄たちとは裏腹に、リチャードは何をしてもパッとせず、器用貧乏で、突出したものがない、凡庸な木偶だった。

いずれは隣国や有力貴族の元に婿入りして政治の道具になるか、降家して公爵として兄たちを支える役目を仰せつかるだろうと誰もが囁いていた。

「そうなってなるものか……！　僕は、政治の道具なんかじゃない！」

リチャードは確定した未来を変えるため、勉学に励んだ。

知識を溜め込み、人脈を築き、いずれは商会を興す。

王族が無視できないほどの経済力を身に着けるのだ。

そうすれば、政治の道具として利用されることはないだろうと思った。

――誰も僕を認めない、誰も僕を見ようとしない。

勉学ばかりで政治に興味がないボンクラ息子。

周りに後ろ指を指されている時に彼が出会ったのがエミリアだった。

『殿下、殿下の苦しみはわたしがよぉく分かっています』

『殿下はこんなにも頑張っていますのに、周りは愚鈍ですね』

『わたしは結ばれなくてもいい……ただ、お傍で支えたいのです』

商会を持ち、独り立ちするという自分の夢を後押ししてくれた彼女。

日陰者の自分を持ち上げてくれる慎ましさに、どれだけ救われたか。

エミリアに告白をするのに時間はかからなかった。

そして、

『わたしは子爵令嬢。あなたは第三王子。今のままでは結ばれませんわ』

『ならどうすればいい？』

『大丈夫。わたしに策があります。一人の女を、悪者にしてしまえばいいのです――』

彼女のために元平民一人を犠牲にすることに、何の躊躇もなかった。

――馬鹿な女だ。

アイリ・ガラントに対するリチャードの評価はその一言に集約される。

エミリアのような守ってあげたくなる慎ましさと愛らしさを持ち合わせておらず、愛想は悪いし、物静かで何を考えているのか分からないし、そのくせ成績だけはいいという女に自分のような高貴な男が告白するわけないのに。

極めつけは、あの白髪に金目！

まるで幽鬼のようで気味が悪いではないか。

エミリアによれば、かつて王国が滅ぼした北方蛮族の血を引いている証らしい。

アイリを女として見たことなんて一度もない。

むしろ汚物のようなものだと思った。

だから手に触れたこともないし、贈り物をしようなんて思ったことがなかった。

「あんな女、死んでせいせいしたよ！」

伯爵令息である友人のデイヴィットに愚痴れてよかった。

エミリアには誰にも言ってはいけないと言われているが、彼なら大丈夫だろう。

教えてもらった店のワインも、なかなか悪くない味だ――。

「え？」

――……ごりごり、べちゃ。

リチャードの口の中に、突如として出現した違和感。

生きて蠢いている何かを噛み潰すような感触。

あまりにも気持ち悪すぎて、思わず手のひらに吐き出した。

赤茶色で地面を徘徊する、あの虫の死体だった。

「な、なんだこれ⁉」

リチャードはどうにか虫の食感を消そうと口の中を指で掻きだした。疑念という疑念が脳内を駆け巡り、激しいスパークを起こしている。

――なんでだ？　さっきまでワインに虫は入っていなかったのに。

――いきなり現れた？　そんな馬鹿な！

「おい、どうしたんだよチャーリー？」

「いや、ワインに虫が入って……うぷッ」

どれだけ口の中をひっかきまわしても、一度噛み潰したものはなかなか取れない。虫からはみ出た内臓が口の中に残っている。

　リチャードは衝動的に店員を怒鳴りつけた。

「これはどういうことだ。ワインに虫が入っていたぞ!?」

「……失礼ですが、それは絶対にありません」

（はぁあ？）

「嘘をつくな。僕を騙そうとしているな？　こんなワインにお金は払えないぞ。見てみろ、ここに証拠があるだろう」

　リチャードは立ち上がり、店員に証拠を見せ付けるように手のひらを突き出し、

「え」

　何もなかった。

　王族の血を引いた高貴なる手のひらは綺麗なままだ。

　いつの間にか、騒がしかった酒場が静まり返っている。

「まだ何か？」

　リチャードはハッと顔をあげた。

　客観的に状況を分析する。

　存在しない虫を店員のせいにして、金を払わないと怒鳴る男……。

　サァ、と血の気が引いた。

心なしか、デイヴィットまでもが一歩引いているような気がした。

「おいチャーリー、謝っとけよ」

「い、いやでも、確かに見たんだ……」

——何かがおかしい。

それだけは分かるのに、何がおかしいのか全く分からない。

「大体、ワインに虫が入ってたら誰でも分かるだろうよ。本当にどうした？」

「いや、でも……誰かが入れた可能性も……」

そういえばと、リチャードは今朝の出来事を思い出す。

『リチャード様、アイリは生きてる。あの女は辺境伯の妻になってたのよ！』

『エミリア、それはおかしいよ。僕は彼女の死体を見たんだ』

『お願い信じて!!　あの女はわたしたちに復讐しようと今も暗躍してるの！』

『百歩譲って生きてるとしても、辺境伯の妻？　アッシュロード卿のことなら僕も知っているけど、子爵令嬢なんかに興味を持つ男じゃないよ。むしろすり寄ってくる女性を毛嫌いしている。だから子猫ちゃん、安心して？』

必死に訴えてくるエミリアに、今朝のリチャードは取り合わなかった。

辺境伯の婚約発表後、やたらと調子が悪いとは聞いていたが、それはすべて偶然だ。

アイリが生きていて復讐？　あの女にそんな力はない。そう思っていた。

「まさか、本当なのか？」

ぶわり、と全身が粟立った。

本当にアイリの仕業だというなら、あの女の復讐だというなら。

今この瞬間も、アイリ・ガラントはどこかで自分を見ていることになる。

ワインに虫が見える呪いか何かをかけて、自分の没落を狙っている可能性——。

次の瞬間、リチャードが座っていた椅子が、ガタガタと揺れ始める。

すぐそこにアイリ・ガラントが立っていた——。

リチャードの椅子だけガタガタと揺れている。

顔面が蒼白になった第三王子は立ち上がり、何もない虚空を指差した。

「な、なんで、お前は死んだはずだ！」

もちろん、彼が指差す先には誰も居ない。

突然の凶行に、もはやその場にいる者たちは呆然とするしかなかった。

連れのデイヴィットでさえ距離を取っている。

「暗殺というのにも種類があってな？」

小声で楽しむような声に、ハッと私は我に返った。

やっぱりこの人か。私が視線を戻すと、シン様は頷いて続ける。

「まずは普遍的な暗殺――肉体的な死を与えるもの」

「お、おい。チャーリー落ち着け！　どうしたんだよ一体⁉」

「うるさいうるさいうるさい！　僕は選ばれし者なんだ、お前ら愚民とは違うんだ、そんな目で見るな、哀れむな、偉そうに指図するなぁ！」

何もない場所を手で払おうとするリチャード。

シン様はリチャードを見もせず魔術を操ってる。

「肉体的に殺すのは俺が最も得意とする方法でもあるが――やはりこれも、二つの場合に分かれる。出来る限り虐めて殺すか、ひと思いに殺すか。どう判断するのかって？　記憶を読んで罪の重さによって決めるんだ。クズには惨たらしい死を与える」

――……ひゅん。と空気を裂く音が響いた。

テーブルから落ちたナイフが、リチャードの足に突き刺さっている。

「ぎゃぁあああああああああああああああああ‼」

「お客様⁉」

え？　うそ、これ刺さるの？

思わず自分のナイフを見るけど、そこまでの鋭利さはない。

　しかも、テーブルからナイフが真下に向かって落ちる確率は……。

「シン様？」

「ナイフの切っ先に風魔術を付与すれば容易(たやす)いことだ」

　何となしに言うけど、それはすごいことなんじゃないだろうか。

　フレデリカに聞いたことを思い出す。

『アイリ、本当にすごい魔術はね、すごいとすら感じさせないのよ』

　あの時は何を言ってるか分からなかったけど、今は何となく分かる気がする。

　シン様の指はリズムを刻むように動いていた。

「お客様、じっとしていてください！」

「さ、触るな、お前ら僕に触るな、触るなぁああ！」

　……もしかして貫通してる？

　足の甲から床まで貫通して刺さってるから、動けば動くほど痛いんだわ。

　そんなことも知らずに、リチャードは暴れ回って骨をごりごりと削ってる。

　連れの人や店員さんがナイフを抜こうとしているけど……。

「……太い血管に刺さってますよね。抜いたら出血多量で死ぬのでは？」

「いや、ギリギリ死なない」

　暗殺者さんは確信を持っているようだった。

「ここから貴族街に足を引きずりながら駆けこんで救助されるまで生きてるはずだ」

「……殺さないのですか？」

「殺してほしいか？」

一拍の間を置き、私は黙って首を横に振る。

リチャードがどんな目に遭おうと構わないけど、目の前で人が死ぬのはやっぱり嫌だ。死ぬなら私の知らないところで死んでいただきたい。

「暗殺には二種類あると言ったろう？　今回取る暗殺方法はもう一つの方法だ」

「肉体的な死じゃないほう……？」

「そう。さて、ここからが見ものだぞ」

シン様が顎をしゃくるのを見て私は視線を辿る。

リチャードの連れの人がナイフを抜いて、店員が包帯を巻いているところだった。

「チャーリー、大丈夫か？」

「大丈夫に見えるか、これが！」

リチャードは机を支えに立ち上がり、

「貴様、貴様らっ！　覚えとけよ、この僕をこんな目に遭わせやがって！」

丁寧口調をかなぐり捨てた、凶悪な顔で店員に怒鳴り始めた。

さっきまでリチャードを心配していた彼らだけど、そんなことを言われて黙っていられるわけがない。確かに不幸だったかもしれないけど、傍から見れば事故にしか見えないのだから。それなのにあんな理不尽に罵るなんて……。

あんな男と婚約していたことが恥ずかしくなってきたわ。

「チャーリー、だから落ち着けって！」

その瞬間だった。

「え、な、なんだこれ、熱い熱い熱い熱い熱いあつぅぅあああああああ‼」

デイヴィットと呼ばれていた男が燃え上がった。

蒼い炎を巻き上げた男は悲鳴をあげてのたうち回る。

火はたちまちリチャードにも延焼し、二人はまとめて燃え始めた。

「火、火だ！　火を消せ！」

さすがに客や店員も大わらわになって水を運んでくる。

私も目の前で人が火あぶりになるとは思わなくて、慌てて旦那様を見た。

「こ、殺さないのではなかったのですかっ」

「よく見ろ、アイリ」

「え？　あ……燃えてない？」

よく見ればリチャードも連れの男も燃えてはいなかった。

なぜだかすごく熱がっているけれど、目の前にいる私にも熱は感じない。

しかも、周りの人たちが水をかけてもまったく火が消えなかった。

「な、なんだこれ……」

「さぁ。でも彼ら以外に燃えてないし……」

その場にいた人たちは自分に危害が及ばないのを見て、浮かしていた腰を下ろし、むしろ見世物のように楽しみ始めた。なにせ先ほどのリチャードの発言である。私の時がそうだったように、嫌なやつがひどい目に遭うのを見るのは楽しいものだ。

まぁ、私は完全に冤罪なんですけど！

「特定の物を燃やし、熱だけを感じる炎だ。あいつらには傷一つ付かないさ」

「傷一つ……え、じゃあ何を燃やしたのですか？」

「ふふ。少し目に毒かもしれないな」
パ、と。
まるですべてが幻覚だったかのように炎が消えた。

見れば、リチャードと連れに火傷はない。

ええ、その……火傷がないと分かるほどに肌が露出していた。

つまりは全裸だった。

「あら」

思わず目を覆った私は指の隙間から彼らを見る。

頭から下に視線を下げていくと、特定の部分が目についた。

あ、そういう感じになってるのね。なるほど。

やっぱり本で見るのと実物は違うわ。

……いやそうじゃなくて。

「な、な」

彼らは乙女のように恥じらい、股間を隠した。

その場にいる御婦人方からは「お可愛らしい」との声が聞こえる。

ちょっぴり同情するけど……もっと隠さないといけないところがあると私は思う。

(旦那様、絶対わざとよね)

服が燃えて全裸になったリチャード。

その身体には火傷一つないけれど、顔の仮面も同時に燃えていたのだった。

店員への理不尽な言いがかり、意味不明な凶行、突然の発火現象。

はた迷惑な彼の正体が露(あら)わになる。

第三王子リチャード、全裸で酒場(バル)にご登場だ。

「あ、ぉ」

あの人もようやくそのことに気付いたらしい。

両手で股間と顔を隠そうとするけど、足を押さえているせいでどちらかの手が塞がってしまう。

諦めて股間を隠すことにしたらしい。まぁ顔は今さらだしね……。

「〜〜〜〜っ、お、覚えてろお前ら！　行くぞデイヴィット」

「あ、あぁ！」

全裸の男二人が肩を支え合いながら夜の街に飛び出す。

あの様子じゃすぐに憲兵隊に捕まりそうなものだけど……。

「それにしても……ふふッ」

二人が扉の奥に消えると、胸の底から笑いがこみ上げてきて、

「王子なのに、三下みたい……ふふ。あはは、あはははは！」

私につられたのか、酒場のみんながどっと笑い声をあげた。

どうしよう。私、こんなに悪い人間だったっけ？

一人の人間をあんな目に遭わせたのに、身体も心も浮き立つように軽くなった。

さっきまで後ろ向きになっていたのが嘘みたい。

まなじりに浮かんだ涙を拭うと、シン様は優しく問いかけてきた。

「少しはスカッとしたか」

「シン様……」

私は頷きつつも、どうしても聞きたいことがあった。

「シン様、もしかしてあの人がこの店に来るって知ってました？」

一昨日、旦那様が『そろそろ潰すか』って言ってたのはこのことなんじゃ？

『リチャードには起爆剤になってもらう』と聞いたような気がするし……。

シン様は薄く微笑んだ。それが答えだった。

ピンと指を立てたシン様は得意げに語って見せる。

「楽しんでもらえたか？　これがもう一つの暗殺方法──『社会的暗殺』だ」

私とシン様は迷惑料としてチップを大量に残し、一緒に店を出た。

陰鬱な気分はどこへやら。夜に浴びる風がひどく心地よかった。

『はい。こちらバトラー』

「──……俺だ。計画を最終段階に移行する」

『では、ついに』

「あぁ、一週間後、二一〇〇（フタヒトマルマル）に計画を実行する。ハウンドに準備させろ」

『それなら不要かと』

「なに？」

『ザザ、ようやくリーチェの出番なのですぅ！』

『待ちわびましたわん。総員、既に準備は出来ております』

『ねぇねぇ！　今回は私がアイリ様の服着ていいのぉ⁉』

『アイリ様の敵を誅殺するチャンスでございます。ぜひわたくしめにお任せを』

『ん。敵、滅殺。とどめはウチが希望』

シンは苦笑した。計画は来週だというのに、彼女らは今にも動き出しそうな気配だ。

「噂が広がりきるのを待つ。絶対に逸(はや)るなよ。すべては我らが女神(アイリ)のために」

暗殺者たちの宴(うたげ)が、幕を開けようとしていた――。

幕間(まくあい)　壊れた友情、その欠片(かけら)

地平線の彼方(かなた)まで続く荒野の道を赤茶色の地竜(ちりゅう)が歩いている。

体長二メルトを超える体躯(たいく)、四本足で身体(からだ)を支える、蜥蜴(とかげ)のような生き物だ。

地竜の背中には一人の女が乗っていた。

金髪のツインテールをなびかせ、砂交じりの風に魔術師のローブが揺れる。

「アッシュロード領は……もうすぐか。あたしも転移陣が使えれば楽なんだけど」

フレデリカ・ロゼリアは口元をマフラーで隠しながら呟(つぶや)いた。

「アイリ様……あの子は絶対にアイリと関係がある」

本人なのか、別人なのか。

そこはまだ分からないが、辺境伯の妻であるアイリ・アッシュロードはあまりにもアイリ・ガラントと酷似している。仕草や言動、考え方までそっくりだ。

そもそもあの『魔術狂いの最強』と名高いアッシュロード卿(きょう)が突然妻を娶(めと)り、婚約を発表するのも唐突すぎる。アイリの死後、入れ替わるように婚約したのだ。

(――絶対におかしい。何もないと思わないほうが変だ)

他の令嬢たちも口にこそ出さないが、同じようなことを思っていた。

わざわざ嫌いな社交界に顔を出して集めた情報である。

本来なら貴族が他領を訪問する際には事前にアポを通し、日時を決めてから来訪するものだが、今、フレデリカは貴族の常識を無視していた。

(私が事前に行くって言っても、アイリ様は何か隠そうとするし……)

ならば、夜に荒野を突っ切ってアッシュロード領に乗り込み、非礼を承知で辺境伯家に乗り込むしかない。シンの邪魔が入らないところでアイリの素顔を暴くのだ。

別人だったら平謝りする。咎められてもいい。非常識であることは承知の上だ。

(それでも。あたしは、アイリに――)

突然、地竜が立ち止まった。

鎌首をもたげるように頭をあげ、じっと一点を見つめている。

「……? カドリヤフカ、どうしたのよ」

老齢の地竜とはいえ、まだ疲れるような距離は走っていない。

念のため、フレデリカは魔術杖を取り出し、周囲の警戒に備えた。

夜は魔獣たちの領域だ。これくらいの危険は覚悟していたはず。

(どっからでもかかってきなさい。返り討ちにしてやるわ……!)

気を引き締めたフレデリカの前に現れたのは、赤い光点だった。

「え?」

一つ、また一つと、指数関数的に増加する赤い光点。
目の前に魔獣の目が見えた時、フレデリカの胸を凶刃が切り裂いた。

最終章　冤罪令嬢は信じたい

リチャード王子の醜態から一週間後――。

「よくもやってくれたな。リチャード」

エルシュタイン王国王都、王城。

夜も更けて来た頃、底冷えするような声が謁見の間に放たれた。

金の玉座に座っているのはエルシュタイン王国を統べる老人だ。

第七代国王ジェラルド・フォン・エルシュタイン。

森を象った金の王冠を被った老人の顔は顰められている。

「貴様のせいで王族の権威は失墜した。急進派だけではなく、穏健派からも王の采配が疑問視されている。リチャードよ、貴様は自分がどれだけのことをしでかしたのか分かっているのか？」

「ぼ、僕は何もしていません。お父様、信じてください。アイリ・ガラントです。あの女の亡霊が僕を狂わせたんだ！　僕はこれっぽっちも悪くない！」

「……ここまで愚かな息子に育ったか。貴様のことを信じた余が馬鹿だった」

声高に叫ぶリチャードに対し周囲の目は絶対零度だ。実の父であるジェラルドさえも、リチャードを見る目に情けはない。彼らにあるのは王族の行く末への不安と、怒りだけだ。

「第三王子という微妙な立場ゆえ、お前には好きな道を歩いてもらいたかったが……ここまで愚かなら、もういい。追って処分を通達するから部屋で謹慎していろ」

「しかし、父上」

「くどいっ!!」

「……失礼します」

リチャードは謁見の間から去る間際、ちらりと玉座を振り返った。

国王の横には母や兄たちもいるが、彼らが自分を気遣うことはない。周りの臣下たちもそうだ。誰もがリチャードを見下し、蔑んでいる。

お前などもう要らないと言わんばかりに。

「くそ……っ」

リチャードは毒づきながらも、落ち着いて深呼吸を繰り返した。

──大丈夫。僕にはエミリアがいる。

──あの子が認めてくれるなら僕は大丈夫。

きっとエミリアなら自分の受けた仕打ちに同情し、共感し、支えてくれるだろう。

辛かったですね、もう大丈夫ですよ、一緒に頑張りましょう──。

「そうだ。あいつらが僕を認めないなんて今さらの話じゃないか」

今回は多少失敗してしまったが、酒場で起きた出来事は主を守れなかった無能なデイヴィットと、アイリ・ガラントの亡霊を見せた正体不明の魔術師のせいだ。

（断じて脇が甘かったわけじゃない。僕は完璧なのだから）

リチャードは蔵書室の隠し扉から地下通路を通り、王城の外に出た。

ワイン樽が並ぶそこはエミリアとリチャードの密会の場所だ。

濃密なワインの匂いとオーク樽の匂いが混ざり合った空間を横切り、地下室から出ると、王都の外れにある下町の高級住宅に繋がっている。隠し扉を出ると、栗色の髪を揺らしたエミリアが振り返った。

「リチャード様……！」

「あぁ、愛しの子猫ちゃん。会いたかった……！」

リチャードは歓喜した。エミリアの顔を見るだけで身体の奥底から無限の力が湧いてくるようだ。そうだ。この人がいれば、僕は何もいらないんだ。

まずは抱きしめよう。それから二人で苦難を分かち合って――

「どういうこと⁉」

「あ、え？」

エミリアは烈火のごとき怒りを浴びせて来た。

これまでの彼女と違いすぎる姿にリチャードは硬直してしまう。

「えみ、りあ……？」

「何よあの醜態は！　あの噂(うわさ)のせいでわたしの評判もガタ落ちよ！」

「ま、まさか。例の噂のことを言っているのかい？」

「……言わなきゃ分からないの？　ここまで愚図だとは……」

ハッ、とエミリアが鼻で笑い、リチャードは慌てて縋(すが)りついた。

「ま、待ってくれ！　あの件は僕のせいじゃないんだ。ほら、君も言っていただろう？　アイリ・ガラントが生きているって！　あいつのせいなんだ。僕は確実に、アイリの亡霊を見た！　だからこうなったんだ！」

「隙を見せたのはあなたでしょう。脇が甘すぎるんではなくて」

リチャードはカッとなった。

「脇が甘いのは君もだろう⁉　僕が知らないと思ってるのか？　アイリに冤罪をかけた噂が流れて、誰にも見向きされなくなってるじゃないか！」

「そ、それは……それこそ、アイリのせいです！　わたしはちゃんとやったのに、あいつが、アッシュロード卿(きょう)をたぶらかして復讐(ふくしゅう)を……！」

「そう。だから、僕たちは同じ被害者だ」

「……」

「被害者同士、一緒に立ち向かおうよ。エミリア。僕の子猫ちゃん……君が一緒にいてくれたら、どんなことでも出来るよ。そうだ、今度はアッシュロード卿に冤罪を被せよう！　全部あいつのせいにしたらいい！」

「……はぁ。本当、近づく相手を間違えましたわ」

「え？」

リチャードの手をさらりと避けて、エミリアは髪を耳に掻（か）きあげた。

遊び飽きた子供が玩具を見るような目だった。

「第一王子や第二王子が結婚していなければそちらを狙ったのに。わざわざアイリを罠（わな）に嵌（は）めて、あなたみたいな愚図を相手にしなきゃいけなかったわたしの気持ち、考えたことある？」

「え……えみ、りあ？　……嘘（うそ）だろ、なぁ、嘘だと言ってくれ……」

「最初から、あなたなんて捨て駒だったのよ」

「ぁ」

「わたしがより高みに近づくための道具。使えなくなったら捨てる予定だったけど、まさかこんなに早くその時が来るとは思わなかったわ」

「そんな……」

――この人も、そうなのか？

――僕のことを歯牙にもかけず、要らないっていうのか？

――愛してるって言ったのに。ずっと一緒だと言ったのに。

「ふざけるな」

ギリ、とリチャードの拳が固く握りしめられた。道端に落ちたゴミを見るような視線を向けられて、黙っていられるほど彼の自尊心は甘くない。

「それはこっちの台詞。最後に此処へ来ただけでも感謝してほしいわ。残念だけど、別れましょ。あなた、もう利用価値ないから」

「ふざけるなよ、エミリア」

衝動的だった。

机に置いてあったペーパーナイフを掴み、リチャードはエミリアに飛び掛かっていた。

「え？」

間一髪飛び退いたエミリアの頬が裂け、鮮血が奔る。

エミリアは頬に流れた血に触れて愕然となった。

「は？　な、なに」

「どいつもこいつも、僕を虚仮にしやがって」

「リチャード様……？」

「エミリア、貴様も同じだ」

自尊心が粉々に砕け散ったリチャードの目は血走っている。

普段の理知的な物腰は消え去り、原始的な欲求に従う獣がそこにいた。

「今なら許してやる。跪いて愛を誓え。そうしたらまた、二人で一緒に歩んでいける。二人であいつを、アイリを殺すんだ。今度こそ、二人で」

エミリアは豹変した王子を前に微動だにできなかった。

今、不用意な発言をしようものなら、こいつは間違いなく自分を刺す。

「拒絶するなら――」

リチャードはにっこりと笑い、王子の笑みを浮かべた。

「一緒に死んでおくれ。僕の子猫ちゃん」

「わ、分かったわ……だからそれを下ろして。お願いよ……」

「あぁ、分かってくれたかい」

リチャードは微笑み、ナイフの切っ先を下ろした。

「怖がらせてごめんよ。だけど仕方がなかったんだ。君が変なことを言うから。さぁ仲直りのハグだ。いつもみたいに、抱きしめてくれるかい？」

ナイフを捨てたリチャードが両手を広げ、エミリアを抱きしめる。

「……嫌に決まってるでしょ！　この暴力男！」

「あがっ⁉」

その寸前、エミリアは本棚の本を投げつけた。

ついでに急所を狙って蹴りを繰り出し、ドレスを翻してその場から逃げ出した。

後ろから悲鳴と怒号が聞こえてきたが、立ち止まるわけにはいかない。

（何なの、あいつ。あんな男だったの……？）

情けなく泣いて縋りついてくるまでは予想していたが、ナイフで自分のことを刺そうとするとは思わなかった。王族内で冷遇されていたリチャードにとって唯一の希望だった自分。その愛が憎しみに転じた時、人はここまで変わるのか。

「ハァ、ハァ、もう、計画が崩れっぱなし。やんなっちゃうわ……！」

下町の高級住宅街から貴族街へ出る。とにもかくにも、今は家に帰らなければ。父と母に事情を説明し、子爵領に帰り、一旦態勢を立て直す。それからあの方に連絡を取って、今後の方針を話し合う。大丈夫だ。逆転の目は、まだ。

「いいえ、売り切れでございます。残念でございます」

「そんなぁ！　どうして！　この前来た時に予約してたのにぃ！」

一台の馬車が貴族街の通りに陣取っていた。行商人らしき糸目の女性と、貴族の令嬢らしき緑髪の女性。馬車を横向きに停車した彼らにエミリアは声を荒立てる。

「ちょっと！　そこ邪魔よ！」

「通行止めでございます。他の道を行くとよいでしょう」

「そうだよぉ！　今、大事な商談中なの。邪魔しないで！」

「商談ならよそで」

その時、後ろから足音が聞こえた。ハッと振り返る。血走った目の男が走っている。
エミリアは唇を嚙み、路地裏に入って別の道を行くことにした。
闇だ。夜の闇が迫っている。
どこに向かっても自分を取り巻く暗闇に、点々と光が浮かんでいる。
キャハハ、キャハハハ、と光の中から笑い声が漏れてくる。
それは嘲笑だ。闇の中を駆けずり回る自分を見て楽しんでいる笑い声。
（ハァ、ハァ、ぜぇ、何なの、今日は。厄日にもほどがあるわ）
路地裏を出ると、真っ赤に染まった月がエミリアを見下ろした。
ここから路地を三つほど曲がり、まっすぐ行けば自分の家だ。
見慣れた道に出たエミリアはホッとして歩調を緩めた。
石畳の道が燃え上がった。
「きゃ⁉」
何もない場所で燃え上がった火は行く手を塞いでいる。
ぱち、と炎から火花が弾けるたび、薄暗闇のなかにエミリアの顔を照らし出す。
「な、なによ。これ……いきなりこんな……」
「エミリア」
ハッ、とエミリアは振り返る。

路地裏の出口に、不気味な炎に照らされたリチャードが立っている。

「もう終わりだよ。僕も、君も」

「い、いや」

「一緒に死のう。子猫ちゃん。僕と一緒に死んでおくれよ……」

「いやよ。わたしはまだ、こんなところで死ねないの。死ぬわけにはいかないの！」

もう足がまともに動かない。逃げ続けるにも限度がある。エミリアは邪魔なドレスの裾を裂いて、形振り構わず走った。彼女が向かったのは子爵家ではなく――王城だ。

「ぜぇ、ぜぇ、あの方に会えば、まだ……まだ……！」

王城の門はなぜか開いていていて、門を守る衛兵も居なかった。エミリアが違和感を抱いていると、門のところに立っていた侍女が一礼する。

「貴族様、兵士様は火事で急行したの。代わりに御用を伺いますなの」

「急ぎの用よ。悪いけど通してもらえるかしら」

「ん。それではこちらに名前と御用を」

「そんなの待ってられないわ。侍女ごときがわたしの行く手を塞がないで！」

エミリアは侍女を押しのけて門をくぐり、王城の階段を駆け上がった。

そもそも火事が起きた程度で王城の門番が全員抜けるなんてあり得ないし、侍女に留守を任せることもないのだが、リチャードから逃げるのに必死なエミリアは気付かない。階段下の侍女が「ハウンドフォー、任務完了」と呟いていることにも。

煌びやかな王城の廊下に入ると、廊下の先に一人の女が立っていた。

「――……え？」

アイリ・ガラントが、そこにいた。

雪色の髪を翻し、振り返った彼女はかつてのように笑う。

「エミリア」

艶然と細められた金色の目はすべてを見透かす魔性そのものだ。

「どうして私を裏切ったの？　あんなに仲良くしてたのに」

「ぁ、な、あい、り」

――やっぱり生きていた。

なぜここに居るかは分からない。どうやってアッシュロード卿と結びついたのかも。

それでも、エミリアは言わずにいられなかった。

「あんたが……元はと言えばあんたが！　あんたが居たからいけないんでしょう!?　わたしが持っていないもの全部持ってるくせに、わたしが欲しいものを、まるで無価値みたいに馬鹿にして！　あんたが居なけりゃ、わたしの計画は上手くいってたのに！」

「うふふ、うふふ。果たしてそうかしら」

「え？」

「あなたは私が居なくても失敗したんじゃないかしら。カタリナ夫人にも言われたんでしょう？　あなたの正体は醜い欲望の塊よ。どれだけ隠しても腐った性根が現れるあなたの活躍する場所なんて、この世界のどこにもなかったのよ」

「……さい」

「あなたが咲くのは煌びやかな王城じゃない。ドブの中がお似合いよ」

「うるさい、うるさぁぁぁあい！」

リチャードがそうしたように、エミリアはアイリに飛び掛かった。

思いっきり拳を振り下ろすと、その拳は虚(むな)しく空を切る。

アイリの姿は離れた場所にあった。

「うふふ。あはは。捕まえてごらんなさい、鬼さんこちら、手の鳴るほうへ……♪」

エミリアはアイリを追いかけようと思ったが、寸前で思い直した。

（あれは幻影……魔術だ。アッシュロード卿がどこかで糸を引いてるんだ）

であれば、今ここでアイリを追う意味はない。罠に嵌まってたまるか。

エミリアはドレスの裾を持ち上げ、目的地に向かう。だから聞こえなかった。

――ハウンドゼロ、任務完了なのです。

エミリア・クロックはエルシュタイン王国東方の田舎で生まれた。

ほとんど平民と変わらない生活環境、贅沢は許されず、責任ばかり増える領主一族の仕事、上位貴族から甘んじて搾取され続ける両親、子爵令嬢だからといって踏み台にしてくる周りの者たち……エミリアは自身の環境を見て学んだ。

――他人は、踏みつけにしていいものであるのだと。

むしろ、上にいくためには他人を犠牲にしなければならない。ましてや、自分と同じ子爵令嬢にも拘らず自分よりも目立ち、自分より優秀で、自分より親に愛されるアイリ・ガラントなど、自分の犠牲になって然るべきではないか。

――わたしが正しく評価されないのはあの子のせいだ。あの子がいなくなれば……。

そんなことを思いながら悶々としている日々に、あの方は現れた。

『取引だ。エミリア・クロック。私はお前を助けてやる。お前の自尊心を満たし、お前が上に登れるだけの環境を作ってやる。その代わり、アイリ・ガラントを始末しろ』

エミリアはその手を取った。

そしてこの時から、彼女を陥れる計画は始まったのだ。


「ハァ、ぜぇ、ハァ、ハァ――……」

とある一室に駆けこんだエミリアは勢いよく扉を閉め、ずるずると座り込んだ。

息が苦しい。身体が重い。足が動かない。視界がチカチカする。

「ここには来るなと言ったはずだが？」

部屋の主が、エミリアを冷然と見据えた。

「私と貴様に関係があると思われるのは困るのだよ。それくらいは分かると思っていたが……貴様も所詮、リチャードと同じ愚図だったか？」

「ち、ちがいます」

血の味がする唾を飲みこんで、エミリアは這う這うの体で近づいた。

「聞いて、ください。ハァ、ハァ。助けて……あいつが、リチャードが、わたしを殺そうとしてくるんです……助けて、ください。それが、わたしとあなたの契約でしょう？」

「痴情のもつれを解決することは契約外だ」

「そんな……あがっ」

部屋の主が月の影に重なり、エミリアの足を踏みつける。

「少しは役に立つかと思えば。悉く失敗したな、貴様は」

「わ、わたしはちゃんと言われた通りに」

「……そうだな。アイリ・ガラントに冤罪をかけるところまではよくやってくれた。しかし、それ以降がお粗末すぎる。アッシュロード卿の婚約披露宴での失敗、カタリナ夫人のサロンで露見した貴様の不出来さ。私が貴様の手伝いをしてやったというのに、貴様は自らの才覚と資質によって、人の上に立つ器ではないと証明したのだ」

「そんな……」

絶望がエミリアから力を奪っていく。

「た、たすけて……くれないの？」

月明かりが、影の姿を照らし出した。

モノクルをかけた老人だ。上等な貴族服を着た、白髪痩身（そうしん）の男。

「そこまでは契約外だ。私の計画に、貴様はもう要らない」

そして、彼は。

「ようやく素顔を現したな、この国に巣食う悪鬼め」

最強の暗殺者は、黒幕の元まで辿（たど）り着（つ）いた。

ばさりと揺れたカーテンの裏に立つ、仮面をつけた一人の青年――

「アッシュロード卿……」

「できればこんなところでお会いしたくはありませんでしたよ、宰相閣下」

白髪の老人は――マハキム・コンラードは、嗤（わら）った。

ひとくくりにした髪が風に揺れ、床の影が泳いでいた。

月明かりが良く似合う、蒼天色の双眸がぎらりと光る。

「マハキム・コンラード。貴様を国家反逆罪の罪で誅殺する」

「……おやおや。突然現れて何を言うかと思えば」

マハキムは肩を竦めた。

「何のことかね、アッシュロード卿。私はただ、執務をしていたらクロック嬢が転がり込んでいたので、事情を聞いていただけだよ。ちょうどいい。彼女を保護してくれるかな」

「いいや、違うな」

シンは断言する。

「貴様はエミリアとリチャードを殺し合わせ、すべての罪を着せるつもりだった。エミリアが捕まってしまえば、貴様が隠し通してきた罪が明らかになるからだ」

「……」

もはや言い逃れは出来ないと悟ったのだろう。

「罪、か」

マハキムの顔から笑みが消える。

好々爺の顔をかなぐり捨て、数多の罪を重ねてきた悪鬼は口元を三日月に歪めた。

「私に何の罪があるというのかね？」

「とぼけるな。貴様が黒幕であることは分かっている。クロックとリチャードを唆(そそのか)したのは貴様だろう。義父殿(バルボッサ)を殺そうとして失敗したことも、すべて貴様が原因だ」

「君らしくないな、アッシュロード卿」

マハキムは侮蔑するように言った。

「合理的に考えたまえ。私がすべての黒幕？　動機がないだろう」

「動機ならある」

蒼氷(そうひょう)の瞳がマハキムの肋骨(ろっこつ)をすべって心臓を貫いた。

「マハキム・コンラード、貴様はイスタ村虐殺事件の生き残りだな」

マハキムは激しく動揺し、射殺すようにシンを見た。

「貴様、どこでその名を……それは歴史から消された名だ！」

「アッシュロード家は王国の闇を背負っている。たとえ国がもみ消そうとしても、我が家の禁書庫には記録が残っていたのだ」

およそ四十年前の話だ。

百年戦争末期にあったエルシュタイン王国はひどい有様(ありさま)だった。

国内の資源が尽きたことで人手や物資が不足し、国としての信用度が無くなったことで貨幣価値が暴落。にも拘らず戦争は続いていて、毎日何百人もの人間が死んだ。

マハキムのいたイスタ村は戦争の煽りを最も強く受けた場所だ。

彼らは殺された――敵国ではなく、エルシュタイン王国の兵士に。

飢えで戦うことすら出来ない兵士たちを食わせるため、当時の将軍が自ら率先して兵を率い、イスタ村を略奪したのだ。糧食を奪い、馬を殺し、女を輪姦した。

将軍は証拠を隠滅するため、イスタ村のすべてを焼き払った。

公式記録ではイスタ村の名は消され、帝国の侵略で村々が蹂躙されたとある――。

「当時、村長を務めていた貴様は王国府に停戦を懇願しに行き、村にはいなかった。村に帰った貴様はさぞ絶望したのだろうな。停戦を訴えていたにも拘らず村を滅ぼされ、エルシュタイン王国に村を滅ぼされたのだから。絶望した貴様は考えた。どうすれば復讐できるかを」

マハキムはシンの推理を黙って聞いている。

しかし、言葉にせずともその顔が憎しみに満ち溢れ、全身が怒気を纏っていることは、彼を知らない者でも察せられるようだった。

「ならばどうするか？　簡単だ。停戦を望んでいるこの国を再び戦争状態に陥れればいい。そのために貴様は官吏への道を駆け上がり、主戦派の筆頭となった。この国に再び戦火を招くためにな。違うか、マハキム・コンラード卿」

「……ご大層な推理だな。アッシュロード卿よ」

マハキムは静かに息をついた。

生い立ちを暴かれた彼の声は冷気すら帯びていた。

「仮にその推理が正しかったとしよう。では、名探偵気取りの君に聞きたい。私が暗躍していた理由がこの国を戦禍に巻き込むためだとしたら、なぜアイリ・ガラントを陥れなければならなかった？　彼女が生まれたのはたかだか十数年前……イスタ村が壊滅した日には居なかったのだぞ」

シンが語ったのはマハキムの生い立ちだが、この話とアイリ・ガラントの件を結びつけるのは無理がある。たかが子爵令嬢を冤罪にかけた程度で国家に戦争をさせる？

馬鹿な。あり得ない。意味のない行動だ。

「おそらくだが……貴様はどこかで知ったのだ」

真実の風が、シンの後ろから吹き抜けた。

「アイリ・ガラントが、パ、シ、ュ、ラ、ー、ル、帝、国、皇、帝、の、血、を、引、く、姫、君、だ、と、い、う、こ、と、に、」

「……!!」

マハキムは愕然と目を見開く。

「そこまで……」

「調べるのは本当に骨が折れた。養父殿の痕跡消去術を甘く見ていた」

だが、それでも。

「甲斐はあった。この情報ですべてが繋がった」

暗殺者は語る。パシュラール の悲劇と呼ばれる事件の真相を。

十七年前、パシュラール帝国皇帝の第一妃だったアイリの母は第二妃の陰謀によって暗殺された。シンが調べた情報によると、当時、第一妃は婚姻を結んでからもしばらく子を授からなかったため、第二妃が強大な権力を握っていた。子供も優秀で、第二妃の子が次代の王になると誰もが考えていた。そんな時に第一妃が身籠った。

皇帝は第一妃を寵愛していたため、このままでは第一妃の子が王になる。

第二妃はそれを許せず、腹の赤子ごと第一妃を暗殺した。

二つの命が失われた凄惨な事件は闇に葬られるかと思われたが、五年後、その事実を知った皇帝が第二妃を公開処刑にしたのだ。

隣国パシュラールの野蛮さを示す処刑と、その発端となった暗殺事件はエルシュタインまで届き、一時期、社交界で暗殺対策の魔術具が飛ぶように売れた。

──だが、この話には続きがある。

第一妃は生きていたのだ。

第二妃の狡猾さを知っていた第一妃はこのままでは身が危ういと思い、死を偽装して護衛騎士と共にエルシュタイン王国に落ち延びた。そして、アイリが生まれた。

二人がなぜ帝国に戻らなかったのかは分からないが、アイリの母が亡くなった時期と、公開処刑の時期が重なることから、おそらく、護衛騎士(バルボッサ)は妻の死をきっかけに皇帝に真実を告げに行ったのだろう。赤子は流産したとでも言いに行ったのかもしれない。

二人がなぜ帝国に戻らなかったのか、元から愛し合っていたのか……。

そこまでは分からないが、確かなことは一つだけ。

「もしも、エルシュタイン王国がアイリ(帝国の姫君)を冤罪で処刑し、その正体を公開すれば」

暗殺を許さず、第二妃を公開処刑にするほど妻を愛した皇帝だ。

皇帝はパシュラール帝国の総力をあげてエルシュタイン王国に攻め入るだろう。

「こうして両国は再び戦争状態に陥る。貴様の望み通りにな」

「……」

「これこそが、アイリ・ガラント冤罪事件の真相だ」

「……一体、どこで私だと？」

「貴様が事件の現場にいたとアイリに聞いた時だ。大方、養父殿(バルボッサ)を確実に口封じするために暗殺者を雇ったのだろうが……あれほど大規模に裏の人間を城へ引き入れられるのは、国王に次ぐ権力を持つ者以外にあり得ない。違うか？」

痛いほどの沈黙が流れていた。

その場にいたエミリアですら息を呑(の)み、呼吸を忘れる空間。

静寂を破ったのは、マハキムの口から漏れた笑声だった。

「ふは、ふはははははは、はははははははは！」

身体をくの字に折り、ひとしきり笑ったマハキムは拍手を送る。

「見事！　よくぞそこまで暴いたな、アッシュロード卿！」

「……やはり、すべては貴様の仕業だったのか、マハキム・コンラード」

「あぁ、そうとも！　元々は主戦派を扇動してクーデターでも起こそうかと考えていたのだがな、ガラント子爵が出て来てくれて助かったよ！　たった数年で特級冒険者に成り上がる戦士の身の上を調べた時、私がどれだけ歓喜したか分かるか⁉」

現在、エルシュタイン王国とパシュラール帝国は睨(にら)み合(あ)いを続けている。

過去に何度も小競り合いのあった両国はいつ戦争になってもおかしくはないが、いざ戦争に入るとすれば、きっかけがいる。アイリはそれにうってつけだったのだ。

「宰相となった私にはこの国のすべてが手に取るように分かる！　兵力！　物資！　地理！　これらの情報は王国を帝国の餌にするに十分な破壊力がある！」

「帝国に王国を攻めさせ、貴様は情報によって王国を滅ぼす……」

「そうだ。それこそが私の復讐、私の使命、私のすべてだ！」

すべての真実を詳(つまび)らかにされたマハキムは開き直ったように手を広げた。

「アイリ・ガラントは狼煙(のろし)なのだよ！　妻を凌辱(りょうじょく)し、非道を働いた軍部に裁きも下さない、エルシュタインという腐った国を終わらせる、始まりの狼煙だ！」

復讐に身を堕とした宰相を、シンは黙ったまま見据えた。

「……正直、貴様の身の上には同情する」

以前までのシンには分からなかった。彼は理不尽を正し、国に害をなす者への抑止力としての役割に徹していた。感情のせいで身を滅ぼす人間の、なんと非合理的なことか。

だが今は違う。

アイリと出逢い、共に時を重ね、何より大事な存在になった今は。

「俺も正直、アイリに同じことをされたらどうするか分からない」

復讐を否定するつもりはない。エルシュタイン王国にも非はある。

それでも。

「貴様の暴虐はここで止める。それがこの国に住まう俺の責務だ」

「は、はは。責務か。確かに君にはお似合いな言葉だな」

空っぽの笑みを浮かべたマハキムが、こてりと首を傾げた。

「だが、どうやって？」

悪意が、牙を剝く。

マハキムが復讐のために積み上げた四十数年。

どれだけシンの魔術が優れていようと、その年月は軽くない。

「私はこの国の宰相だ。確かに、私はアイリ・ガラントの冤罪を目論んだし、この国を滅ぼしたいと思い行動してきた。で？　証拠は？　私が冤罪をかけた証拠は？　私が国を転覆させるために動いていた証拠は、どこにあるのかね？」

狡猾な狐は自らの手を汚さない。

たとえどれだけ証言が積み重なろうと証拠がなければ捕まえられない。

いいや、法で裁くことは社交界での貶し合いではなく、成文律と不文律の問題なのだから。

「私を裁ける法はこの国に存在しない」

酷薄に、残酷に、黒幕は嗤う。

「それとも君が殺すか？　アッシュロード卿。まぁ、私は構わないがね。私を殺せば主戦派の抑えが利かなくなる。そうなればどの道、この国は終わりだ」

「そうだな。俺には貴様を裁けない」

「そうだろう。ならば――」

「だから、裁ける人間に来てもらうことにした。合理的にな」

「は……？」

「すべて聞かせてもらったぞ。マハキム」

「……!!」

マハキムは弾かれたように振り返る。

宰相の執務室、その入り口に立つ、近衛騎士に囲まれた男は。

「ジェラルド、陛下……」

「お前たちの会話はすべて聞かせてもらった」

ジェラルドの耳元にはシンが開発した通信用の魔術具がある。

既にリチャードとエミリアは捕らえられ、縄でぐるぐる巻きになっていた。

「この二人から証言も取れた。マハキム、貴様が陰で指示していたことをな」

「そん、な」

「合理的に考えろ、宰相閣下」

意趣返しのように、シンは嗤った。

「この俺が、何の対策もなくここに来たとでも？」

確かに現在のエルシュタイン王国の法律ではマハキムを裁けない。

だが、宰相であるマハキムが法の穴を潜（くぐ）り抜（ぬ）けることは想定内だ。

これはアッシュロード家の暗殺者が暗殺出来ない時に取る、最終手段。

「王制をとる国家において、王は法の上に立つ。存分に裁かれろ」

単純ゆえに、強力無比な切り札（ジョーカー）。

「へ、陛下。これは」

「残念だよ、マハキム」

ジェラルド国王は哀れむように言った。

「余はお前の能力を重用していた。今すぐ戦争すべきという主戦派共の頭を押さえ、準備を整えた上で戦争に備えるという、理屈で議論できるお前は非常に優秀な宰相だった……今まではな」

「……っ、元はと言えば！　貴様が、貴様ら王族が！」

近衛兵たちが雪崩れ込み、マハキムを拘束する。

後ろから羽交い絞めにされながら、マハキムは王へにじり寄った。

「貴様ら王族が私を作り上げたのだ！　守るべき民を凌辱し、あまつさえ兵士を処罰しない国の、どこが正義か！　貴様らに正義があるのか、えぇ!?」

「正義はないさ。王家の恥部だ」

「ならば！」

「だが、我らは王族だ」

ジェラルド王は毅然と言った。

「我らは民の暮らしを守るのが最優先。真実が国に混乱を招くなら、いくらでももみ消そう。たとえその下にどれだけの犠牲者が居ようと、国を守れるならば」

「貴様ぁああ！」

「勘違いするな、将軍の行いが正しいと言っているわけではない。貴様も知っての通り、将軍は病死させた。国の恥部ゆえ、真相は伏せられているが……その実態は」

ジェラルドがちらりとシンを見た。アッシュロードの至宝は軽く頭を下げる。

彼らの暗殺対象は法で裁けない相手だけではない。

法で裁けば国に混乱をもたらす相手も同じく暗殺対象に成り得るのだ。

しかし、マハキムは納得しなかった。

元より知っていたことだ。知っていてなお、納得出来ないのだ。

「それがどうした！　犯罪者が死ねば遺族の心は休まるとでも⁉」

「思わない。だからこそ、我らは戦争を防がなければならん」

ジェラルド王は厭戦派だ。若き日に戦争を経験した王は誰よりも戦争を憂いている。

今回の出来事を経て、彼の主張は一層強固なものとなり、宰相の真実が明るみに出れば主戦派の勢いも弱まるだろう。

「さらば、マハキム。もう会うことはないだろう」

「…………は、はは。こんなところで……儂が……」

膝から力が抜けたマハキムは渇いた笑みを浮かべた。四十数年の歳月をかけた計画が、王家の暗部によって防がれた。惜しむらくは、共に捕まっている使えない能無し共を計画に引き込んでしまったことか。早々に殺しておけばよかった。

「分かった。敗北を認める。あぁ、完敗だとも、アッシュロード卿。君の推理力と行動力には根負けだ。陛下だけなら、いくらでもやりようはあったものを」

シンは違和感を覚えた。いや、正確に言えば既視感だろうか。

大人しく縄についているエミリアやリチャードと宰相の顔は違う。すべてを投げだす、死を前にした者特有の――

「止めろ‼」

がり、とマハキムは何かを噛んだ。

次の瞬間、彼の身体がドクンと脈打ち、大量の血を吐いた。

「自決か……！　くだらん真似を……！」

「がはっ、ふ、ふふ。一連事件は私の敗北だ……あぁ、認めるとも。だが」

血だまりを吐き出しながら、マハキムは仄暗い笑みを見せた。

それは自決で終わる者が浮かべる笑みではない。勝利者の笑み。

「復讐は、私の勝ちだ」

「貴様……！　何をした⁉」

「陛下……国を滅ぼす手段は一つではないのですよ。お忘れ、ですか。この国を苦しめる、外敵以外の……野原を闊歩する獣共の咆哮を……」

「魔獣……」

口の中でその言葉を転がしたシンの脳は素早く答えを導き出した。

「……そうか。例の計画。貴様、人工的に大災厄を起こすつもりだな⁉」

「あぁ、そうだ。私の心臓には、魔具が埋め込まれていた。もしもこれが止まれば……迷宮の最深部に設置された魔具が発動し、魔獣たちを外へ誘導する……」

大災厄が起こる原因は迷宮に蓄積された魔力が許容値を超え、魔獣たちを狂騒状態にしてしまうことにある――と近年の研究結果で知られていた。

冒険者たちは魔獣を間引くことで迷宮の魔力を減らし、大災厄を防いでいる。

ならば迷宮内部に意図的に魔力を過剰注入すれば？

理論上、大災厄は起こる。それを兵器として運用できないか主戦派が考えていたことは知っていたが、よりにもよってこのタイミングで発動させるとは。

「どこだ！　マハキム、一体どこに」

「アッシュロード領……」

詰め寄るジェラルドとは対照的に、シンは蒼褪めた顔で言った。

「この国で一番の要衝であり、魔獣被害が多い場所。極めつけは、パシュラール帝国との国境に位置していること。アッシュロード領が倒れれば、そこから先、帝国の進軍を阻むものは……」

「なんてことだ」

ジェラルド国王は天を仰ぎ、すぐさまシンを見た。

「アッシュロード卿、其方は急いで自領へ帰還せよ。後の処理は私が引き継ぐ！」

「は、はは。無駄、無駄無駄無駄！」

王城の敷地内は普段、転移封じの結界が張られている。シンがアイリを救う時に転移できたのは、マハキムが暗殺者を招き入れるために結界を解除していたからだ。

「ここから走って王城を出て何分だ、五分？　いや十分はかかるだろう。それだけの時間があれば、アッシュロード領は終わりだ！　君が大事に保護している娘もな！」

「……!!」

「婚約披露宴で話して確信したよ。アレはガラント子爵令嬢そのものだ。暗殺者の覚悟を問うて仲を裂ければと思ったが、思いのほか絆されていてめんどむぐっ⁉」

怒りに我を忘れている場合ではない。それでもシンはマハキムを一発ぶん殴らねば気が済まなかった。鈍い音が響き、マハキムは宙を舞った。

「陛下。あとは頼みます」

「了解した。アッシュロード卿、死ぬなよ」

「大災厄ごときにやられるようでは、アッシュロードを名乗れません」

言うや否や、シンは走り出した。

雷の魔術で脚力を強化し、風の魔術で追い風を作る。

「ノルド！　聞こえるか、応答しろ！」

耳元に手を当てたシンの声に『ザザ』と通信先が答えた。

『坊ちゃま⁉　ちょうどよかった。こちらから連絡しようと』

「アイリは無事か⁉」

一拍の沈黙。

ノルドが唇を噛み締める様子が伝わってくるようだった。

『それが……一瞬目を離した隙に、屋敷の外へ出たようで』

「……っ、街はどうなっている」

『津波です』

ノルドは震えを隠せない声で言った。

耳を澄ませば、通信機の向こうで地響きのような音が聞こえてくる。

『ザングヴィルに、千体以上の魔獣が攻め込んできました……！』

◆◇◆◇

ふわり、ふわり、と規則的に揺れるもふもふは人間をダメにする力を持っている。

雲の上で寝たらこんな気分になれるんじゃないかしら……。

尤も、雲は小さな水の塊だから触れないってフレデリカが言ってたけど。

「むにゃぁ……ケーちゃん、それ食べちゃダメなやつだわ……」

「――」

「ふにゅ？」

何かが私の鼻先をくすぐって、薄暗闇のなかで目を開ける。

まだら模様の尻尾だった。剣虎（ケーちゃん）が鎌首をあげるように外を見ている。

「ケーちゃん？」

「アイリ様、お目覚めでしょうか」

扉の外から渋い声が聞こえた。筆頭執事（渋いおじいさま）のノルドさんだ。

「はい、なんでしょうか」

「外が騒がしいので、少し見てまいります。決してお部屋を出られませんよう」

「……あれ、リーチェさんは？」

「旦那様と共に仕事へ出かけております。他の侍女たちも一緒に」

「そうなんだ。じゃあもうひと眠りしますね」

「おやすみなさいませ」

部屋の外から気配が消える。ノルドさんはあんまり喋（しゃべ）ったことがないけど、渋めのおじいさんという感じで良（い）い人だと思う。今度もうちょっと喋ってみよう。

「それにしても……仕事かぁ。どうしようかな」

ケーちゃんはずっと外のほうを見ていて、牙を剥いてぐるぐる唸（うな）っていた。

顎を撫（な）でてあげたら気持ちよさそうにするけど、視線はずっと外を向いたままだ。

「……何かあるのかな。行ってみる？」

「ばう」

「そうね。何かあったらケーちゃんが守ってくれるもんね」

「ちゅー！」

私の肩に登ってきてぺしぺしと頬を叩いてくる鼠さん。

「あぁ、お前もいたのね、チュータ。ふふ、頼もしい騎士さんだわ」

ノルドさんに怒られないかな？

私が居なくなったと知ったらシン様に怒られちゃう？

でもシン様だし、ノルドさんのことはきっと許してくれそうな気がする。

「よし、行きましょうか」

手早く外出用のドレスに着替えてケープを羽織る。

ノルドさんに知られたら止められそうだし、窓から外へ出ることにした。

ケーちゃんの背に乗り、二階から一気に飛び降りて地上へ。

勢いそのままに疾走したケーちゃんは屋敷の門を飛び越えた。

すたん、と着地。我が友人ながらドヤ顔である。

ちょっぴり怖かったけど……まぁ、屋敷の外へ出ることには成功した。

「奥様⁉」

屋敷の警備兵さんたちが私に気付いて駆け寄ってくる。

「あ、ちょっと散歩に行ってきます」

「あ、あの、今、何やら外が……」

「それを確かめてきます」

警備兵さんたちの制止を振り切って街のほうへ行くと、真夜中だというのに冒険者たちが激しく通りを行き交い、何やら忙しそうに動いていた。

私――というよりケーちゃんを見てギョッとしている。でも、ここ最近ケーちゃんを連れて街を歩いていたから、私の顔を見ると安心したように武器を下ろしていた。

「あのー、何かあったんですか？」

冒険者さんの一人を呼び止めると、彼は慌てた様子で、

「ダ、迷宮(ダンジョン)が魔に呑まれたようで、現在、ギルドが緊急依頼を発令しました！」

「魔に呑まれる……それはつまり」

「大災厄(スタンピード)です！」

カンカンカンカンッ!!

夜の静けさをぶち壊す、甲高い警報音が木霊(こだま)する。

街の民家は次々と灯(あか)りをともし、冒険者たちは顔をこわばらせていた。

「と、とにかく。ここは危険です。アッシュロード夫人、一刻も早く避難を！」

「うん、ありがとう」

一礼した冒険者が慌ただしく去っていく背中を見ながら、私は動かなかった。

……大災厄かぁ。私、経験するのは初めてなんだけど。

以前に起こったのは四十年くらい前だっけ。かなりの死者が出たと聞いている。

もちろん、アッシュロード領には最強の魔術師さんがいらっしゃるけど……。

今はあいにくと仕事で出払っているようだし。

「……これ、私が行ったほうがいいんじゃない？」

いやまぁ、私が行ったところで何が出来るんだって感じだけど。

戦闘力的には皆無だし。たぶん子供のパンチでも倒れるけど。

「騎士団も、さすがに領主の指示が欲しいだろうし」

アッシュロード領にも騎士団はいる。普段は忙しい領主の代わりに自衛権を与えられていて、魔獣討伐や小さな雑事は騎士団長に裁量権があるのだ。

だけど大災厄は例外だと思う。さすがにここで領主が出ないと、なんで夜中に出て行ってるんだ、遊びに行ってるのかって話になるだろうし。

……ゴーリさんは裏のお仕事のこと言ってるのかしら。うーん。

それが分からない以上、とりあえず私が出て行って領主の代わりに現場に行ったほうが、少なからずシン様への風評被害はマシになるはず。たぶん、きっと。

「そうと決まれば、騎士団の屯所に出発ね、お願い、ケーちゃん」

騎士団の屯所は嵐のような忙しさだった。誰もが悲壮な顔で武器を取り、地竜の手綱を取って準備を進めるなか、私が訪問を告げると、会議室に通された。

月明かりが差し込む、木目調の会議室で全身鎧を着た男が立っている。

「このクソ忙しい真夜中に何か御用でしょうか。アッシュロード夫人」

吊り目がちの海色の瞳に、切り揃えられた髪が硬派な印象を抱かせる。

理知的な眼差しはちょっとシン様に似てるけど、この人はもっと冷めてる感じ。

「自分たちはこれから大災厄を防ぐため出動する予定です。なぜ夫人がこんな所に来るんですか。頭がおかしい……失礼、多少抜けている……おっと、暇なのですか？」

この人と会うのは二回目なのだけど、ずいぶんな言われようである。

とはいえ、毒吐き団長と名高い彼の舌鋒に怯んでる場合じゃない。

「旦那様の代わりに来ました。領主の裁量権が欲しいかと思いまして」

「あの唐変木……失礼、アッシュロード様の？」

「はい。旦那様は今、野暮用で出かけているので」

「つまり、例の」

あ、この人ゴーリさんのこと知ってるのね。

まぁそれならそれで話が早い。さっさと用を済ませちゃおう。

「非常事態につき、辺境伯代理として騎士団長に全権限を与えます。冒険者ギルドと連携して、大災厄に対処してください。全責任は辺境伯がとります」

「……なるほど」

騎士団長さんは胸に手を当てて一礼した。

「確かに拝命しました。ご夫人。護衛を用意しますので、あなたも早く避難を」

「そうさせてもらいます」

私に出来ることはこれくらいだし、あとは任せるしかないわ。

外に出ると、隊舎の前庭に騎士団員が整列していた。

「いい機会です。ご夫人、何か激励を」

「え？　あ、そうね……」

後ろから来た騎士団長さんに促され、私は騎士団に向き直った。

何を言おうかしら。こういうのって何を言えばいいの？

私の頬をぺろりと舐めるケーちゃんの顎を撫でて……そうだ、まずは挨拶かな。

「皆さま、初めまして。アイリです。アッシュロード卿の妻をやっています」

その場にいる人たちが笑ってくれた。「それは知ってる」「妻をやってるって」「面白い表現だな」「いつも街中で見てますよ」と温かい声だった。

私は頷いて、

「いつも領地を守っていただきありがとうございます。とても大変なことになっていますが、何となく大丈夫な気もします。あなたたちは栄えあるアッシュロード領の騎士団です。勇猛なあなたたちならこれくらいの災難、容易く退けられるでしょう」

騎士団の人たちの顔が引き締まる。

「敵は多いです。でも、あなたたちは一人ではありません。もうすぐ、国内最強の魔術師、アッシュロード卿がやってきます。それまで持ちこたえてください。一人でも多く生き残ってください。あなたたちの仕事は民を守ることです。避難が終わったら一緒に街を捨てて生き延びましょう。命あっての物種ですからね」

だん、だん、軍靴の音が鳴り響く。

槍の石突きが何度も地面に打ち付けられる。闘志が立ち上る。

「帰ったら、みんなでご飯を食べましょうね」

『応っ‼』

「領主様からボーナスをふんだくりますから、家族に振る舞ってください」

『応っ‼』

「それでは――アッシュロード騎士団、出陣‼」

『オォォオオオオオオオオオオオオオオ‼』

すごい歓声が、ザングヴィルの街に響きわたる。

「領主様、万歳‼」「アイリ様――！」「アイリ様――！　絶対にお守りします！」

「アイリ様、ご無事で!!」「ボーナス、期待してます！」「頑張ります、アイリ様！」

……とりあえずちゃんと役目は果たせたかしら？

偽装だけど、辺境伯夫人らしくできた？　喜んでくれてるっぽいからセーフ？

「見事な激励でした。ありがとうございます」

「騎士団長さん、ご武運を」

「えぇ、あの唐変木……失礼、仕事馬鹿が来るまで持ちこたえます」

「お願いします」

たぶんノルドさんが通報してくれてるからすぐ来ると思う。

あんまり心配かけちゃダメだし、早く戻らないと……。

あれ？　屯所の出口が騒がしい……？

「おい、あそこに女が」「ハァ⁉　真夜中に荒野を出歩く馬鹿がどこにいる⁉」

「いるからしょうがねぇだろ！」「助けに行くか？」「無理だ、何匹いると思ってる⁉」

ケーちゃんの背に乗った私は騎士の人に問いかけた。

「何があったんですか？」

「ご夫人。それが、魔獣の群れの中に女性が取り残されてるようで」

「え？」

「おそらく冒険者です。魔術で応戦していますが、あの数では……」

「あぁ、不味い。もうやられそうだ」

誰も助けに行かない。いや、行けないのだ。

魔獣の群れに囲まれた女一人、誰が助けに行ける？

「……っ、ケーちゃん！」

「え、アイリ様⁉」

私はケーちゃんの腹を蹴って街の外に飛び出した。

夜の闇に蠢く魔獣の赤い双眸が、星々の光みたいにぎらついている。

魔獣の大軍。すごい数だ。びっくりするくらい多い。

「これが大災厄……」

呆けている場合じゃなかった。女の人は……。

「いた！　ケーちゃん、あそこ！」

「ばう！」

金髪の女性が地竜に乗り、魔術杖を振り回して魔獣に対抗している。

魔獣に囲まれていて奮戦しているけど、多少倒したところで焼け石に水だ。

「――もう、もう！　なによこの数⁉　あたしに恨みでもあるわけ⁉」

あれ、この声、もしかして。

「ガァァァ‼」

今は考えている場合じゃない。誰であろうと助けなきゃ。

ケーちゃんが魔獣を蹴散らしながら包囲網を突破し、金髪の人のところへ。

「こっち‼」

「……救援⁉　助かっ――」

『あ』

やっぱり、そうだった。

「フレデリカ……様」

一瞬が永遠にも感じられるようだった。

気の強い伯爵令嬢は私を見て呆然（ぼうぜん）としたあと、キッ、と睨（にら）んで、

「カドリャフカ、お前は一人で離脱なさい！」

え、と、飛んだ⁉　フレデリカはケーちゃんに飛び乗り、私の後ろに座った。

ケーちゃんが振り落としていいか、みたいな目で見て来る。

うーん、さすがに我慢してほしいかな……。

私はケーちゃんの首筋を撫でて宥（なだ）めつつ、フレデリカに振り返った。

まだ大丈夫。バレてないはず。ここは偶然を装って……。

「ぐ、偶然ですね、フレデリカ様。一体どうしてここに――」

「下手な演技はもういいわ。変装、とけてるわよ」

ほえ？

ぁ。

あ、あぁぁあ〜〜〜〜‼

――眼鏡が！　カツラが！　ない‼

いやだって真夜中だったし、騎士団長さんは事情通だし、アッシュロード領の人はアイリ・ガラントだった私を知らないから、別にいいかと思って。

……あぁ、やらかした〜〜〜！

フレデリカは私の腹に手を回し、ぎゅっと力を入れた。

「よくも、あたしを騙してくれたわね」

怨嗟の声が、すぐ後ろから聞こえる。

あの、フレデリカさん？　めちゃくちゃ怖いんですけど……。

恐る恐る振り返れば、メラメラと怒りのオーラが噴出していた。

「ア・イ・リ〜〜〜〜！」

ひいいい。

「あんた！　やっぱり生きてたんじゃない！　な〜にが呪われた眼鏡よ！　人をおちょくるのも大概にしなさいよ、このすかぽんたん！　どんだけあたしが気を揉んだか分かってるの⁉」

だ、だってあんな別れ方をした後だったもの。

あなたを信じられないから嘘をついたなんて言えるわけないし。

「何よその顔は！　人を騙したんだから最後まで根性見せなさいよ‼」

「ふ、フレデリカも！」

ケーちゃんが蹴散らした魔獣の破片が飛び散り、血風が吹きすさぶ。

私とフレデリカは血の嵐の中であの日の続きをしていた。

「あの時は理由もない直感ばかりで、何も具体的に言ってくれなかったじゃない！　あんな言い方されたら、私だってムッとするわよ！　騙されたのは馬鹿だったけど！」

「そうよ、馬鹿すぎるわよ！　挙句の果てにもうすぐ殺されそうだったのよ⁉」

「だから悪かったたって言ってるじゃない！」

「そういうことを言いたいんじゃないのよ！」

「じゃあ何なの！」

「あたしが悪かったから、仲直りしてって言ってるのよ！」

「…………へ？」

一瞬、何を言われたのか分からなかった。

仲直り？

私とフレデリカが？

……あんなことがあったのに？

「でも私は、フレデリカを裏切って……」

「はぁ？　何の話？」

「だ、だから！　喧嘩(けんか)した時のこと！　私、フレデリカの言うことよりエミリアのこと信じちゃったじゃない。それはつまり、フレデリカとの友情に対する裏切りでしょ？　だから、そのことをずっと怒ってるのかと思って……」

「馬鹿ね、あんた。そんなこと気にしてたの？」

「そ、そんなことっ？」

いやだって、大事なことでしょ？

友情ってそういうもんじゃないの？

フレデリカは心の底から呆(あき)れたような息をついた。

「あんた、いつもいつも気にしすぎなのよ！　このばか！」

「いふぁいん(痛いん)にゃけど(だけど)」

あの、頬をこねくり回すの止めてほしいんだけど。

忘れてるのかな。ここケーちゃんの背中の上だからね？

ちゃんと摑まってないと振り落とされちゃうわよ？

「そりゃあ、あたしだって言い方が悪かったし、お互いにもっとやりようはあったと思うけど、友達でも意見が食い違うなんてザラでしょ？　それでいちいち裏切りとか言ってらんないわよ。あたしもあんたも、一人の人間なんだから」

「う、うん……」

「友達だろうが信じるものが違う時はあるわよ。そうでしょ？」

「……そう、ね？」

言われてみればその通りだった。実にゴーリさんが好きそうな答えだ。

フレデリカにしては正論すぎる正論である。

あれ。

じゃあ本当に……私の気にしすぎ？

「あたしが後悔してるのは、エミリアの正体を見抜けず、あんたを一人にしたことっていうか……

言いすぎたことを謝らなかったことで……そこはごめん。謝るわ」

「う、うん。私もごめん」

「じゃあ仲直りね。はい、喧嘩おしまい！」

「おしまいって……それでいいの？」

「いいのよ。友達なんだから」

「友達……」

「友達は、喧嘩もするし、仲直りもするの。友情が壊れたら何度だってやり直せばいい。それが出来ないほど、私とあんたは子供じゃないと思うけど？」

「……そうね」

あまりにもくだらないというか、些細（ささい）な行き違いだったというか……。

私たちの間に起きたことなんて何でもなかったように、フレデリカは笑った。

「ふふ。これからはあたしも頼ってよね、親友？」

なんだか肩の力が抜けたような気分だった。

ずっと心に重くのしかかっていた後悔が消えて、胸がスッキリしていた。

あぁ、本当に……馬鹿だったなぁ。

こんなに大切な親友と喧嘩して、意地になって、助けも求めなかったなんて。

「そんなことより！　早くここを切り抜けないと！」

「……うんっ」

そうだ。今はだいぶ不味い状況だったんだ。

「ケーちゃん、大丈夫？」

「ばうっ」

聞いてみたはいいけど、明らかに大丈夫そうではなかった。

ケーちゃんは剣みたいな尻尾を武器に魔獣を薙（な）ぎ払（はら）っていたけど……。

爪や牙にも血やら内臓やらが付着していて、色々やばい。

息も荒いし、心なしか速度も落ちている。

「ごめんね。あなたばっかりに負担をかけて」

「ねぇアイリ！　助けてくれたのは本当にありがたいんだけど……これどうすんの⁉」

「どうしよう。何も考えてないわ」

「あ、あんた……ばっかじゃないの⁉　相変わらずすぎるでしょ！　あたしを助けに来てあんたまで死んだらどうすんの⁉」

「ふふ。フレデリカも相変わらずよね」

「言ってる場合⁉　これどう見てもピンチなんですけど！」

フレデリカも一人で奮戦していたせいで息があがっている。

仲直りできたのは良いけど、このままだと二人とも死んじゃうかも。

フレデリカが連れて来た地竜は……うん、魔獣の群れから離れてる。

最悪、私たちが死んでもあの子は生き残る――

『君はもっと自分の命を大切にすべきだ』

不意にシン様の言葉が頭に浮かんだ。

こんな時でも地竜の命を気にしちゃう私だ。あんな風に言われるのも無理ないかも。

――正直に言えば、この窮地から脱する手段はある。

でも、これっていいのかしら。辺境伯夫人としてあるまじき行為では？

「ねぇフレデリカ。魔獣と友達の辺境伯夫人ってどう思う？」

「は？　何を今さら……剣虎の背中に乗るなんてあんたくらいのもんでしょ！」

「そうよね」

じゃあ、いいかな？

「チュータ。お願い」

「ちゅう！」

私の肩に乗ったチュータが口元に指を当てる。まるで人間みたいな仕草だけど、私たちの周りにはじりじりと魔獣たちが近づいてるから、笑ってる場合じゃない。

——……ピィイイイイイ!!

チュータの指笛が、空高く木霊した。

世界から音が消える。魔獣たちが一斉に停止した。

互いの息だけが聞こえる、それが世界のすべてだった。

「な、何……？　何なの」

「フレデリカ。驚かないで、攻撃しないでね」

「は……？　一体何を」

フレデリカが目を見開いた。親友の視線の先にあるのはザングヴィルの街並みだ。

そこから砂嵐みたいな土煙があがって、地鳴りみたいに大地が揺れていた。

「なによ、あれ」

「んー。私の友達？」

「は？」

「――――――――――っ‼」

魔獣たちの雄叫(おたけ)びが、地平線の彼方(かなた)まで響きわたる。

こんな時のために――なんて格好つけるつもりはないけど、辺境伯領に恩返ししようと思って友達になったたくさんの魔獣たち。二又狐(ふたまたぎつね)のリンちゃん、一角獣(ユニコーン)のレーネちゃん、はぐれ狼(おおかみ)のジェシーちゃん、大熊のルーちゃん、魔凰鳥(まおうちょう)のローローちゃん、剛力兎(ごうりきうさぎ)のカイちゃん、チューターの友達の千匹を超える鼠たち、他にもいっぱい。

「ちゅ、ちゅー！」

「ふふ。みんな来てくれたね。もう大丈夫かも」

ちゃんと指笛が吹けたチューターにひまわりの種をあげる。私たちを取り囲んでいた魔獣たちは、同胞であるはずの魔獣に襲われて大混乱に陥っていた。

「ま、まさかアレ全部あんたが……？」

「うん、まぁ」

「ほんと、相変わらずあんたは……」

恐慌にかられた魔獣の一匹が私たちに突っ込んできた。呆れながら杖を振るったフレデリカの氷魔術が魔獣を氷漬けにして、フレデリカはニカッと笑った。

「付き合ってて飽きないわ、親友」

「それ、褒めてるの？」

「もちろん」

私の友達たちは魔獣の津波を確実に押し返している。今のうちに脱出しないと。

フレデリカを助けるためにだいぶ深くまで入っちゃった。

これはちょっと、出るのも苦労するかも……。

「――アイリ様!!」

「あ、ノルドさん」

そう思っていたら、ノルドさんが颯爽と駆け付けてくれた。

執事服にレイピアが似合う老人は私の後ろにいるフレデリカを見て頷いた。

「間に合ったのですね、よかった」

「はい。でも、ちょっと出られないかもです」

「まったく無茶を……今回ばかりは、旦那様にこっぴどく叱っていただきます」

「ひえ」

「あまり老体の寿命を縮めないでくださいませ」

「ご、ごめんなさい？」

色々ありすぎて忘れていたけど、そういえばノルドさんに黙って出て来たんだった。あとで怒られるとは思ってたけど、この人には迷惑かけないようにしないと。

「ノルドさんの名誉は私が守りますね」

「どうか、ご自身の命をお守りくださいませ」

「はい、すみませんでした」

「分かればよろしい。さて、この爺が前を守りましょうぞ」

「はい……でも、大丈夫でしょうか」

私たちの前にいる魔獣の壁は分厚い。ノルドさんもここまで来るのに疲れているだろうし、我ながらちょっと、かなり無茶しちゃったかもしれない。

「私も戦うわ。ロゼリアの女は魔術だけじゃないのよ！」

フレデリカが後ろで意気込んでいるけど、へろへろの人は黙ってほしい。

「ご安心くだされ、アイリ様。爺は一人で来たわけではありません」

「はい？」

ノルドさんに言われて前を見ると、

『オォォオオオオオオオオオオオオオ!!』

「アッシュロード騎士団、出撃――!!」

軍靴の音が魔獣たちに突撃する。私が激励した騎士たちだ。

「魔獣を蹴散らせ!!」「アイリ様のペットは攻撃するなよ!?」「アイリ様――!!」

「魔獣に攻撃してる魔獣は避けろ！」「アイリ様――！」「女神様、今行きます！」

次々と響きわたる鬨の声。

騎士さんたちだけじゃない。冒険者たちも一緒だ。

魔獣たちに突撃する戦士たちの勇猛さは数百メルト離れたここにも届いて。

「あの……誰ですか今、女神とか言った人」

「自ら率先して前に立ち、市民を救出する領主夫人です。慕われて当然でしょう」

ノルドさんは誇らしげに胸を張る。

いや、確かに私が助けたんだけど、女神というのは大袈裟すぎでは。

むしろ魔獣と友達だなんて不気味がられると思ってたのに、これは……。

「大人気ね、アイリ。さすがあたしの親友」

「いや、ちょっと困るというか……あと私のことは秘密だからね」

「うん、分かってるわ。あとでみんなにバラしましょう」

「全然分かってないよね⁉」

ともあれ、騎士さんたちが頑張ってくれたおかげで魔獣たちの注意は分散した。

大災厄でダンジョンから出てきた数千体の魔獣をなんとか押しとどめている。

「行ける。これなら……！」

フレデリカの言葉に私は嫌な予感しかしなかった。

親友に戻って思い出したんだけど、この子が希望的なことを言った時って、大体まずいことが起きるっていうか、事態が斜め下に転がりだすのよね……。

「……っ、アイリ様、伏せてください！」

「きゃ!?」

ノルドさんの声。フレデリカに前のめりに倒されて思わず悲鳴が漏れた。

頭の上、髪先三寸を何かが通りすぎた。直後、ドォン!! と何かが地面に直撃。

その場が一斉に静まり返った。

まるでチュータがみんなを呼んだ時みたいに……今度は、敵に変化が出た。

【――――】

ドスン、と。

それは、まるで終焉（しゅうえん）を告げる獣のようだった。

炎だ。炎が四本足で立っている。

見た目は竜に似ているだろうか。火花が爆（は）ぜる炎の下は硬そうな外殻に覆われていて、獰猛（どうもう）な牙は触れたら熔（と）けちゃいそう。ゆらゆら伸びる炎が地面を舐めている。

「なに、あれ」

「……迷宮の主（ネフィリム）」

ノルドさんが呆然と呟いた。

「アッシュロード領の迷宮に住まうと言われる伝説の生物です。目撃情報はほとんどありませんが、特級冒険者の何人かがアレに殺されています」

「特級……つまりお父様と同じ」

それはかなりやばいんじゃないだろうか。

というか伝説上の存在って……大災厄ってあんなのも出て来るの？

「アイリ様、お下がりを！」

魔獣たちの道を切り開いた騎士団長さんが迎えに来てくれた。

私たちを下がらせた騎士団長さんは騎士たちと共に突撃をかける。

「アレを止めろ――――っ!!」

『応っ!!』

地竜が風のように駆け抜ける。鎧の色が違う、おそらく上級騎士であろう人たちが魔槍(まそう)を掲げ、その先端から氷の礫(つぶて)を浴びせた。

【グォオオオオオオオオオオ！】

迷宮の主(ネフィリム)が怯んだ、その隙に――

「剛竜一閃(いっせん)」

たん、と地竜の背を蹴った騎士団長さんが、鋭い切っ先を閃(ひらめ)かせる。

一瞬で数十メルトもの距離を移動する、超高速の抜刀術だ。

速いだけじゃない。威力もすごい。迷宮の主の身体が縦一閃に切り裂かされていた。

全然目で追えなかったわ……どうやってるんだろう。

上級騎士さんたちの魔術が迷宮の主に氷を放ち、全身が氷漬けになっていく。

「すごい……あれなら倒せたんじゃ⁉」

フレデリカが喝采をあげるのも無理はない、のだけど——。

【グォォオオオオオオオオオオオ‼】

『な⁉』

ぱきんっ‼　と氷が割れて、迷宮の主が出てきてしまった。

攻撃を浴びた腹いせみたいに前足を振り上げ、上級騎士たちを薙ぎ払う。

その寸前、騎士団長さんが部下の間に割って入った。

「ぐぁあ⁉」

『団長⁉』

だ、大丈夫かしら。

騎士団長さんがものすごい勢いで吹き飛ばされてしまった。

魔獣の群れの中に埋もれて騎士団長さんの姿は見えない。

「チュータ、騎士団長さんを助けてあげて」

「ちゅー!」

とにかくあれはヤバい。騎士団長さんたちで敵わなかったのなら、この場の誰でも無理だ。ノルドさんとフレデリカがやる気だけど全力で止めておく。

ズドン、と迷宮の主が歩くだけで地面が熔けた。

巨大な炎が戦場を縦断し、地平線まで荒野を真っ二つに割る。

「や、やばい。どうしよう。アイリ、どうしよう！」

「どうするも何も」

詰みだわ。あんなの、私たちじゃどうしようもないもの。

あの吐いた火は間違いなく街を焼き尽くす。

ケーちゃんが頑張って逃げようとしてくれてるけど……。

疲労した今では逃げられない。私たちの死は確定だ。

……シン様、怒るかな。

大事なお仕事をしてる時に、たくさん勝手をして。勝手に死んで。

あんなに良くしてもらったのに、偽の妻としての役目を果たせなかった。

「ごめんなさい……シン様……」

叶うことなら、もう一度——。

「——すまん、遅れた」

「へ？」

この、声は。

ケーちゃんの目の前。空中にばさりとマントが翻った。

一つにまとめた黒い髪が尻尾のように跳ねる。

少し線が細いけど、目にしただけで絶大な安心感を抱かせてくれる背中だ。

「シン様……」

何も話していないのに、シン様はすべて分かったように頷いた。

ちらりとこちらを振り返ったその目は、優しく細められている。

「辺境伯夫人として十分すぎる働きだ。よく頑張った」

炎が、シン様の前で氷漬けになっていた。

迷宮の主が吐いた光線だ。光線を氷漬けにするってどうやるの？

「だが、無茶はいかん。あとでお仕置きだな」

「あ、あぅ……」

シン様は私に振り返り、手を伸ばした。

すとん、と胸の中に抱き込まれる。

線が細いのに逞しい胸は上下していて、よく見れば汗だくだ。

「あの、シン様……？」

さすがに恥ずかしいのだけど。

「許してくれ。これでも気が気じゃなかった」

「なんでですか？」

シン様は顔を離して「なんでだろうな」と少年のように笑う。

「君と一緒にいると、身体が動作不良を起こすんだ」

「それは……合理的じゃないですね」

「だろう？」

シン様は肩を竦め、大災厄の渦中を眺め回した。

「ずいぶん苦戦しているじゃないか、クロード」

「遅刻した人が何を言ってるんですかね……」

よろよろと近づいてきたのはさっき吹き飛んだ騎士団長さんだ。

「さっさと役目を果たしてください。この遅刻魔……失礼、合理主義野郎……おっと、申し訳ありません、領主様。今日はどうも調子が悪いようで」

「毒舌のキレが悪いことを調子が悪いというなら、ずっとそのままでいろ」

「なら。さっさと終わらせてください」

「分かってる。準備は出来た」

【グォォォオオオオオオオオオ!!】

迷宮の主はシン様が現れたことでより凶暴化した。

背中から翼が生えだしたし、炎の勢いもさっきよりすごい。

でも……。

「迷宮の主か。少しは楽しませてくれればいいが」

なにこの人、頼もしすぎる。

シン様は両手を合わせて、左右に離すように広げた。

「《黄昏（たそがれ）より来たるは終焉》《暗黒と光の狭間（はざま）》《一より来たりて全と成る》《昏（くら）き者（もの）よ》《汝（なんじ）の眼（まなこ）を召喚す》《流転の導きに従い》《ただ、在れ》」

シン様が詠唱を始めると、迷宮の主（ネフィリム）の頭上に巨大すぎる魔術陣が広がった。

直径何メルトだろう……分からないけど、とにかく巨大だ。ちょっと綺麗（きれい）。

「七節詠唱……嘘でしょ……杖の補助なしで、あんな……」

呑気（のんき）なことを考えていたらフレデリカが驚愕（きょうがく）の声を漏らしていた。

迷宮の主は頭上を見上げる。脅威を排除しようと口の中に炎を溜（た）めて。

それが怪物の最後だった。

天に掲げていたシン様の手が、振り落とされた。

「『虚ろなる抹消の光（アビス・ゼロ）』」

ひときわ強い光を放った魔術陣が迷宮の主を消した。

音が、遅れて聞こえた。

――……ドォォオンッ!!

「きゃ!?」

まともにケーちゃんの背中に座っていられなくなるくらい揺れた。

思わず背中にしがみつくこと、数秒。あるいはもっと?

「終わったぞ」

シン様の声が聞こえて、恐る恐る顔をあげた私は目を見開いた。

「……わぁ」

迷宮の主(ネフィリム)がいた場所には巨大な穴が空いていた。

炎の怪物は跡形もなく、姿を消していた。

「すごい……」

後ろのフレデリカが呟く。

「これが……王国の最終兵器と呼ばれる、アッシュロード卿の実力……」

さ、さすがに兵器扱いはひどいんじゃないかしら……。

そう言いたいけど、この光景を見るとそうも言えなくなってくる。

シン様は深く長い息をついた。

「伝説の生物も大したことなかったな」

「いや、明らかにシン様がおかしいんだと思いますよ……」

「そうか？」

夜が白み始め、朝焼けの光がシン様を照らし出した。

歓声が聞こえる。騎士や冒険者たちが生還を喜ぶ声。シン様を讃（たた）える声。

その中には私を呼ぶ声も聞こえた気がするけど……気のせいということで。

「何はともあれ、すべて終わった。長い夜だった」

「そうですね……ちょっぴり疲れました」

「馬鹿者、無茶しすぎだ」

「ごめんなさい」

「いや、無事でよかった」

ふわりと、また抱きしめられてしまった。汗をかいたシン様は新鮮だ。普段の余裕を保った姿も素敵だけど、こっちのほうが人間味があっていいと思う。

ぎゅうう、と力が込められた。私は恐る恐る背中に手を伸ばす。

「私、考えたんです。なんで無茶したんだろうって」

「む……？」

「そしたら、シン様のお顔が浮かんできました」

不思議ですね。と私は続ける。

顔をあげると、蒼色（あおいろ）の瞳が丸く見開かれている。

その顔がなんだかおかしくて、私はつい笑ってしまった。

「ふふ。絶対来てくれるって、信じてました」

「――」

朝の気持ちいい風が私たちを包み込んで、白い髪が視界を覆い尽くす。

その一瞬に、唇が何か塞がれた。

「………ほえ？」

熱い。

ちょっと湿ってる。りんごの味。

本当に一瞬だったけど、その感触は確かに唇に残っていて……。

「⁉⁉⁉」

ぼっ‼　と火が出るくらい顔が熱くなった。

い、今のはアレですか。

いわゆるアレですか？　キ……から始まるやつですか⁉

シン様は私を見下ろし、ふっと微笑んで問いかけてくる。

「なぁ、アイリ」

「は、はひっ」

「本物の妻になる気はないか？」

「…………はい？」

エピローグ

「はぁ――⁉　偽そんぶぶっ⁉」

「しー、声が大きいっ！」

　辺境伯家の前庭に悲鳴が響く前に、私は親友の口を塞いだ。驚いた魔獣たちが顔をあげるけど「大丈夫だよ」と微笑(ほほえ)むと魔獣たちは足に顔を乗せてまどろみ始める。

　私が手を離すと、フレデリカは周りの侍女を目で見てゆっくり頷(うなず)いた。

「色々と納得したわ。あんたがあのアッシュロード卿(きょう)と結婚(くっつく)とか、どんな経緯があってのことかと思ったけど……そういうことだったのね」

「別にくっついてはないんだけどね」

「でも、本物にならないかって言われたんでしょ？」

「あ、あぅ……やっぱりそういうことなの？」

　顔が熱くなった。

「本人から言われていないわけ？」

「はっきりと言われたわけじゃなくて……普通に言われただけだし」

　その返事を、今日することになっているのだ。

あの大災厄から一週間が経っていた。

事後処理が本っっっ当に大変で死ぬかと思った。

私が友達の魔獣を総動員したことに加え、シン様の極大魔術が地形を変えてしまったので、辺境伯領が危険分子扱いされて審問にかけられ、そのあとに陛下に呼ばれ、正体を明かすのと引き換えにリチャードの件をチャラにしたり、陛下から政財界に圧力をかけてもらったり……そうそう、エミリアたちは私に冤罪をかけた罪で逮捕された。処刑と強制労働どっちがいいか聞かれたので、強制労働と答えておいた。

処刑したら一瞬で楽になるもんね。私が苦しんだ分は働けばいいと思う。

強制労働って、もーれつにきついらしいし。

ともあれ、こうして私の冤罪は晴れた。

アイリ・ガラント生還の報は社交界を駆け巡り、今はその話題ばっかりらしい。

ひっきりなしにお茶会の誘いが来るけど、今はちょっと疲れてるのでお断り中だ。

私のことを信じなかった人と仲良くする義理はないしね。

と、つらつらと物思いにふけっていると、リーチェが耳元に囁いて来た。

「アイリ奥様、そろそろなのです」

「あ、分かったわ。そういうわけで、フレデリカ。悪いけど……」

「馬鹿。あたしのことなんか気にせずさっさと行きなさい。ちゃんと返事するのよ」

「うん。またねっ」

「またね。はぁ――……あたしも男見つけよっかなぁ」

……聞こえちゃった。

フレデリカはダンディなおじ様がタイプだって言ってたけど、あの子は年下のほうがあってると思う。そうだ、シン様に言って誰か見つけてもらおうかしら。

あの子には迷惑かけちゃったし、大事な親友だ。幸せになってほしい。

「アイリ奥様、旦那様はお部屋でお待ちなのです」

「分かったわ。そういえば、リーチェさん……ううん、リーチェ」

「え」

私が呼び捨てにすると、先導していたリーチェは立ち止まった。

目を見開く彼女が可愛らしくて、私は思わず手を伸ばす。

「エミリアのことで、頑張ってくれたって聞いたわ」

「や、リーチェは大したことは何も……」

「ううん、毎日美味しいお茶淹れてくれるし、あなたが元気な姿を見てたら私も元気になってくる。毎日助けられてるの。だからその……ありがとね」

「アイリ奥様……!!」

あっという間に涙がいっぱいになったリーチェは花のように笑った。

「はいです！　一生お仕えしますです！」

「……うん。ありがと」

他の侍女たちにもお礼を言っておかなきゃ。

暗殺部隊の人たちがいたから、私の冤罪は晴れたのだし。

こんこん、と扉をノックする。

「開いてるぞ」

「失礼します」

シン様の部屋に入ると、バルコニーに立つ彼が振り返った。

ひとくくりにした長髪が風に揺れる。本当に絵になる人だ。

「時間ぴったりだな。もう少しゆっくりしてもよかったんだぞ」

「構いません。仲直りしたのでフレデリカとはいつでも会えます」

「そうか。それは何よりだ」

シン様は本当に嬉しそうに笑った。

自分のことのように喜んでくれるのを見ると、私も嬉しくなる。

バルコニーの鉄柵を摑み、風になびく髪を押さえて遠くに見える街の風景を見た。

辺境伯邸から東へ広がる建物は大小さまざまで、今までは物々しかった雰囲気が祭のように賑わっている。それもそのはずで、シン様が空けた穴から温泉が湧き始め、辺境伯領の新たな観光地にしようとみんなで張り切っているからだ。

たぶん迷宮の主が炎の怪物だったことと、地下深くに水脈があったことが原因なんだろうけど……今は温泉を運営するためにみんな大忙しで働いていた。

色々必要なもの多いもんね。実は私もちょっと楽しみにしてる。

「あんなに物騒だったのに、別の街みたいですね」

「これからもっと変わっていくぞ。以前とは違う形にな。そうだ、行政官から君にも魔獣調教師として温泉の水脈調査に同行するよう依頼されているが……」

「……スケジュールが空いているところに入れておいてください」

「すまん。休みはしっかりとらせるからな」

「ありがとうございます」

ちょっとげんなりした顔が出ちゃったみたい。

まぁそれもしょうがない。辺境伯夫人としての書類仕事に加え、シン様が私の友達たちのために作った『魔獣保護区』の設置と運営で既に忙しいんだもの。

「無理はするなよ?」

「お友達のためです。頑張りますよ」

魔獣保護区は私が友達になれた魔獣を幻獣種や愛玩種といった新たな枠組みに設定し、冒険者による狩猟から守る取り組みだ。こっちから手を出さない限り人を襲わない子たちだから、この取り組みでちょっとでも彼らの家族が守れたらいいなと思う。

「さて、それでだが……」

びくっとした。

太陽に照らされたシン様は言葉を濁しながら言い切った。

「あの時の答えを、聞かせてくれるか」

「……」

『本物の妻になる気はないか？』

あの時、私は答えを保留にしてしまった。

驚きすぎたというか、シン様が私をそういう風に見てるとは思わなくて……。

「合理的に考えて、君が本物の妻になるとメリットがある」

「メリットですか」

ゴーリさんは合理的に説明した。

「まず君の友人の魔獣たちだが、彼らを世話する資金を用意してやれる。俺は魔獣を飼うことにも理解があるし、魔獣に抵抗もない。それから対人面だが、ロゼリア嬢と頻繁に会ってくれても構わないし、まだ行方知れずの君の父親を捜すことも出来る。社交界での活動など最低限で構わないし……実務面で言えば、今回のような時は手伝ってもらうが、他は好きなことをしてくれて構わない」

「……確かに、メリットしかないですね」

「そうだろう」

「じゃあ、その……シン様にとってのメリットは？」

シン様が今挙げてくれたのは私にとってのメリットで、シン様がそこまでしてくれる理由が分からない。偽物の今でさえ破格の待遇だというのに。

「俺にとってのメリットか……」

「はい。今のままの関係じゃダメなんですか？」

「……それは、嫌だな」

「なぜですか？」

シン様は息を吐いて、私の頬に手を当てて言った。

「君を愛しているからだ」

私は息を呑(の)んだ。

頭が痺(しび)れて、喉がカラカラに渇く。

蒼天色(そうてんいろ)の瞳は火傷(やけど)しそうなほど甘い熱を孕(はら)んでいた。

「自分でも非合理的だとは思うが、君を見ていると落ち着かなくなる。怪我(けが)をしていないか、不自由をしていないか、笑ってくれているか、何をしていても考えてしまう」

「えっと」

「どうやら俺は、君に恋をしているらしい。こんな気持ちは生まれて初めてだ」

「……っ」

シン様の耳が赤くなっていることに気付いて、一瞬で顔が熱くなった。

澄ました顔で言われるのかと思ったら、すごく初心っぽくて……。

この人が本気で言ってくれているのが分かるから、私まで照れてしまう。

「……それで、どうだ。答えをくれるか」

「……」

「もちろん、君が今の関係を維持したいなら構わない。これは俺の勝手な我儘だからな。その場合も先ほど言ったメリットは維持されると保証しよう」

「……わ、私は」

裾をきゅっと握る。心臓がドキドキして胸が破けちゃいそう。

シン様の顔を見つめて、正直な気持ちを打ち明ける。

「私は、人を好きになるという気持ちが分かりません」

「……うん」

シン様は予想していたように頷いた。

「シン様のことは好ましく思っていますが、この気持ちが恋なのか分からないですし、エミリアの件もあって、根っこから人を信じることが出来ません。たぶん、一生。だから、男女の情を求められても、応えられるか分かりません」

「うん」

「それでも」

私は思い出す、辺境伯領に来てからの日々を。

拒絶した私の隣にただ寄り添い、何があっても私を信じてくれたこの人を。

「シン様がいない生活は、もう考えられません」

「……」

「あなたの傍にいると、ぽかぽかして……安心して、何でも言えちゃいます」

人は変わる。絶対に変わる。

エミリアがそうだったように、シン様の気持ちがいつまでも私に向くとは限らない。

いつかこの関係が終わりを迎えるのかもしれない。

私とシン様、どちらかが裏切ってしまうかもしれない。

だけど、それでも。

「あなたになら、裏切られてもいいって思えるんです」

顔が熱い。ちゃんと言いたいことは言えただろうか。

思わず俯くとシン様の手が伸びてきて、いつの間にか彼の胸の中にいた。

鼓動が脈打つ逞しい胸が心地よくて、ゆっくり手を当ててみる。

シン様は私の頭に顎を乗せながら言った。

「俺は絶対に君を裏切らない。どんなものからも君を守ってみせる」

「……約束ですよ。破ったら針千本飲ませせますから」

「それは怖いな」

シン様は顔を離し、微笑んだ。

顔が近づいてくる。ゆっくり目を閉じた。

触れた唇は柔らかくて、前よりもずっと切ない気持ちになる。

これが恋っていうのかな……だとしたら、悪い気持ちじゃない。

顔を離すと、シン様は優しく微笑んだ。

「これからもよろしくな。アイリ」

「こちらこそです。シン様」

本物の妻になると色々大変かもしれない。

きっとこれからも、何かとあるんだろう。

でも、この人と一緒なら乗り越えられるような気がした。

私はシン様の腕を取って、心から笑った。

「これからもずっと、私を信じさせてくださいね」

Ｆｉｎ．

あとがき

突然ですが、あなたは誰かを裏切った経験はあるでしょうか？

私はあります。小学生の頃です。

友達と遊ぶ約束をしていたのに直前になって「用事が出来た」と嘘をつきました。

当時ハマっていたオンラインゲームがやりたかったのです。

スキー場で一緒にリフトに乗る約束をすっぽかして他の友達と一緒に乗りました。

約束をした友達よりも話したい友達がいたのです。

今思い出しても自分勝手な理由です。これらのことがあって以来、その友達とはその時以上に仲が深まることもなく、今ではお互い生きているかも分からないほど疎遠（そえん）になりました。

おそらくその友達はもう約束を覚えていないでしょうが、私は覚えています。

人間は不便ですね。忘れてはいけないことはすぐに忘れてしまうのに、忘れたいことはいつまでも頭に残り続けます。どんなに些細なことでも忘れられない。

私は小さい頃の経験を経てどんなに小さなことでも約束は守ろうと誓いましたが、約束を破っても壊れない、喧嘩しても仲直りしてしまう強固な人間関係が羨ましくも思います。良い意味でぞんざいな態度を取れる相手は信頼の証なのです。

『裏切られてもいい人』に出逢えることはきっと幸せなのでしょう。

そうはいっても、裏切られたくはないですけどね！


約束は守って欲しいし、裏切られたくないし、喧嘩もしたくありません。

『この人は絶対裏切らない』って思える人がいいに決まってるじゃないですか。

じゃあさっきの話は？　ただの余談です。

どっちも思っていいじゃないですか。人間だもの。


閑話休題。


挨拶が遅れました。

こんにちは。あるいは初めまして。山夜（やまや）みいです。

ここまでお読みいただきありがとうございます。楽しんでいただけましたか？

月日が経つのは早いもので、もう著作が四作目になりました。

この一年の間に世界はめまぐるしく変化していますが、皆さまはどうお過ごしでしょうか。本作を読んで少しでも無聊（ぶりょう）の慰めになれば幸いです。

さて、今回も刊行に当たってたくさんの方々のお力添えを頂いております。

まずは担当のM様、今回もご迷惑おかけしました！

もう二度とあんなことはしません。たぶん。もしやらかしたらごめんなさい。

イラストレーターの祀花よう子先生、アイリやシンたちの素敵で美麗なイラストをいただきありがとうございました！　とてもとても好きです！

そして本作に携わってくださった出版社様、書店様、ありがとうございます。

また次作もどうぞよろしくお願いいたします。


最後に宣伝をさせてください。

本作のコミカライズ版が鋭意進行中です。そう、アイリやシン様が漫画になるのです！　毎回届いたネームを見て「ひゃっほい！」してます。面白いです。

本作を読んで興味を持っていただけたら、ぜひ見てみてください。

また、著作である『成金令嬢の幸せな結婚』のコミカライズが講談社Ｐａｌｃｙ様やｐｉｘｉｖ様で連載されています。お金が大好きな令嬢がぽっちゃり公爵と幸せになるお話です。本作と合わせてこちらもお楽しみいただけると幸いです。


それでは、また会う日まで。

山夜みい

Kラノベブックスf

冤罪令嬢は信じたい
～銀髪が不吉と言われて婚約破棄された子爵令嬢は暗殺貴族に溺愛されて第二の人生を堪能するようです～

山夜みい

2023年12月26日第1刷発行

発行者	森田浩章
発行所	株式会社 講談社 〒112-8001　東京都文京区音羽2-12-21
電　話	出版　(03)5395-3715 販売　(03)5395-3605 業務　(03)5395-3603
デザイン	AFTERGLOW
本文データ制作	講談社デジタル製作
印刷所	株式会社ＫＰＳプロダクツ
製本所	株式会社フォーネット社

KODANSHA

ISBN978-4-06-534478-1　N.D.C.913　318p　19cm
定価はカバーに表示してあります

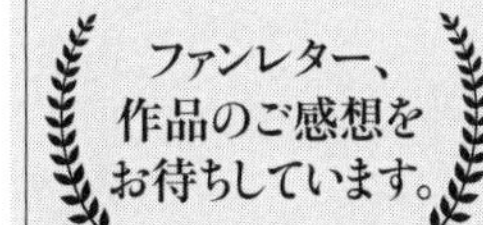

あて先　〒112-8001　東京都文京区音羽2-12-21
(株) 講談社　ライトノベル出版部 気付
「山夜みい先生」係
「祀花よう子先生」係

Kラノベブックス

転生貴族の万能開拓1～2

～【拡大&縮小】スキルを使っていたら最強領地になりました～

著:錬金王　イラスト:成瀬ちさと

元社畜は弱小領主であるビッグスモール家の次男、ノクトとして転生した。
成人となり授かったのは、【拡大＆縮小】という外れスキル。
しかも領地は常に貧困状態――仕舞いには、父と兄が魔物の襲撃で死亡してしまう。

絶望的な状況であるが、ある日ノクトは、【拡大＆縮小】スキルの真の力に
気づいて――！
万能スキルの異世界開拓譚、スタート！